Josep Carner

ARBRES

Introducció, edició i apèndixs
de Jaume Coll

Edicions 62

Barcelona

Primera edició (dins El Cangur): juliol del 2004.

Compost a Víctor Igual, s. l., Còrsega 237, baixos, 08036 Barcelona.
Imprès a Liberdúplex, s. l., Constitució, 19, 08014 Barcelona.

DIPÒSIT LEGAL: B. 33.601-2004.
ISBN: 84-297-5467-9.

INTRODUCCIÓ

L'AMETLLER QUE DANSA

Resseguir els ametllers escampats en un barri extrem de la ciutat, que veu el mar i mira la muntanya, és el que proposa un poema d'aquest llibre. Som al gener, quan l'arbre floreix i es fa més destriable. L'últim ametller s'alça en un gran hort, on el fred ha encartronat la col i sembla que la tingui amb l'ànim suspès, mentre l'herba, més fina i subtil, s'ha tret el gebre de sobre, moguda pel vent. L'estampa es completa amb un gos i una gossa i el torçat penell del mas. Cada cosa esmentada (col, herba, gos i gossa, penell) contempla l'arbre engalanat, vestit de blanc, que es mou com si dansés.

La paràfrasi no té cap solta, però llegint els sis versos de l'últim cant d'«Els ametllers de Sarrià» ens haurem de rendir a la gràcia incomparable del poeta:

Ametller d'un gran hort:
la col, d'un aire absort,
    l'herba en frisances,
el gos i sa consort,
el vell penell retort,
    miren com danses.

La mètrica i la rima contribueixen a proporcionar un efecte imaginatiu remarcable: els dos apariats masculins, hexasíl·labs, unisonants, estan com aturats mirantse el seu bloc, el vers més curt, un tetrasíl·lab femení començat amb una síl·laba tònica, rimant, de lluny, amb el seu parell, i podríem dir que el primer bloc es mostra neguitós, mentre que el segon posa en moviment, per mitjà de l'únic verb, l'arbre que el cant invoca.

Quan va escriure aquest poema, Josep Carner vivia *en el meu vell carrer de Sarrià* | *que fina a la muntanya* | *i on, negra nit, ningú no va* («Flora urbana», cant cinquè), uns topants també descrits als primers versos de «La fulla»: *Enfora de ciutat, | jo anava dins | un carreró ple de jardins | i de casetes ben barrades*. Vivia, doncs, amb la dona i els dos fills (el menut era un nadó d'un mes) en una caseta del carrer Pomaret, en un Sarrià bucòlic que encara era municipi. El poema dels ametllers es va publicar a *La Publicitat* el 1920, el gener, en perfecta sincronia amb la floridera de l'arbre:

Ja que el gener és tan clar
deixeu-me ara cantar
amb veu molt pia
dels ametllers que hi ha
perduts per Sarrià
la lletania.

Després, el poeta va aplegar el poema a *El cor quiet* (1925) i molt més tard va passar a formar part d'*Arbres*.

ENLLÀ DE LA PAIRAL PEDRERA

Passada la guerra civil i durant la diàspora republicana, després d'un llarg parèntesi de divuit anys, Carner reprenia amb *Arbres* (1953) la publicació de llibres a Catalunya. En els primers anys de l'exili forçós, el poeta havia publicat a Amèrica el poema que senyoreja tota la seva poesia, *Nabi* (així, sense accent encara): a Mèxic DF (1940), traduït per ell mateix a l'espanyol, i a Buenos Aires (1941), en la llengua original. El desenllaç de la guerra va impedir que el text, de primer intitulat *Jonàs*, veiés la llum a Barcelona. El poeta l'hi havia tramès l'octubre de 1938 des de París, on exercia d'alt funcionari de la República.[1] Aleshores, quan el conflicte ja es decantava

1. Es tracta de la primera de les quatre formes conegudes de *Nabí* controlades pel poeta: *Jonàs* (1938). Vegeu-ne una edició, acarada amb el text de la segona, *Nabi* (1940), a Coll 2002. I, a Coll 1998, l'últim text revisat pel poeta i incorporat a *Poesia* (1957)

de la banda dels insurrectes i «quan els derrotistes assetjaven per tot arreu, [Carner], més sarcàstic que irònic, declarava contundentment, amb el foc d'una passió gens dissimulada: "Encara que no quedessin contra Franco més que una prostituta i un lladre, jo estaria contra Franco!"».[2]

La postguerra va encetar un llarg període ominós per a tota forma de cultura expressada en llengua catalana. Potser hauria d'haver escrit cultura a seques, però consignes tals com: *Habla el idioma del imperio* o *Una patria, una lengua, una espada*, i d'altres de pitjors, proferides per la boca folla dels vencedors (molts d'ells catalans que havien decidit arrancar-se la llengua materna) permeten afegir un plus repressiu del terror de l'Estat contra els que s'expressaven en català. Aquella va ser la dècada dels llibres clandestins. L'editor es valia d'una argúcia clàssica del camuflatge cultural, utilitzar una data falsa d'impressió del llibre per despistar la censura, com un *Nabi* imprès el 1947, amb peu editorial de 1938, sense el control de l'autor. El llibre va permetre, però, que uns quants lectors inquiets i informats poguessin conèixer el text imprès el 1941 a la remota Argentina, lectors que, tot i ser escassos, feien circular per sotamà la mercaderia prohibida.

Escriure, editar i llegir en català era una forma pacífica de conspirar. Els primers llibres tolerats pel règim no podien respectar les normes ortogràfiques del català modern aprovades per l'Institut d'Estudis Catalans. Verbigràcia, la reedició forçosament prenormativa («con la ortografía de la época»),[3] impresa en paper bíblia, en-

2. Domènec Guansé reporta aquest comentari privat del poeta a *Retrats literaris*, Mèxic 1947, un comentari que va desaparèixer totalment de la nova edició del llibre publicada al cap de vint anys a la gola del llop: *Abans d'ara*, Barcelona 1966. Cito, però, el text reproduït a «Retrat literari de Josep Carner», *La Nostra Revista*, IX, 75 (Mèxic DF V-IX 1954), un número monogràfic arran dels setanta anys del poeta.

3. L'exigència de la censura franquista de tolerar una edició condicionada («con la ortografía de la época») fa veure que entre els sinistres personatges hi havia alguna persona cultivada i informada. Vegeu Ga-

quadernada en pell, gravada en or, és a dir a preus poc populars, de l'antiga «edició popular» de Verdaguer: *Obres completes* de Jacinto Verdaguer, Casa del Libro 1943, un volum que és anterior a la constitució, el 1946, de l'Editorial Selecta, una fita cultural immensa deguda a l'habilitat de Josep Maria Cruzet, un «nacional» amb saba de conspirador catalanista que es va saber infiltrar en l'esquerda oberta en el franquisme per la derrota dels alemanys.

La victòria aliada en la conflagració mundial enfonsava els règims europeus que havien donat suport a Alemanya i, tot i que Espanya, exhausta però connivent amb el nazisme, no havia entrat en guerra, es van crear expectatives fundades de derrocar Franco, reinstaurar la República i reconquerir la legalitat política. La il·lusió, però, no va pendre forma, i l'enorme decepció es va apoderar dels milers de republicans que, a l'exterior o a l'interior, vivien exiliats del franquisme.

Carner i la seva muller, Émilie Noulet, i el fill, Josep Carner de Ossa, fugint de la maltempsada, s'havien establert a Mèxic, on el poeta obtindria el passaport, que ja no substituiria per cap altre (i on el fill «plantaria llinatge»), però ara, a la fi del conflicte, ells dos decidien retornar a Europa, a Bèlgica, on ella havia d'ocupar la plaça universitària obtinguda abans de la guerra. I en el trasbals del trasllat, el juliol de 1945, Carner rebia la proposta de formar part del primer i únic govern de la Generalitat a l'exili. La formulava Carles Pi i Sunyer, exconseller que presidia el Consell Nacional de Catalu-

---

LLOFRÉ 1991, on es recull la resposta del cap de censura de llibres de la Subsecretaría de Prensa y Propaganda, Santiago Mariños, a l'escriptor *catalán* Ignacio Agustí, que havia intercedit a favor de l'empresa de Cruzet: «no hay inconveniente alguno en que se publiquen sus obras completas en catalán, debiendo hacerse únicamente con las ortografías del propio Verdaguer por el valor de tipo filológico que esto pueda tener, además de lo poético» (22-III-41). La condició, filològicament sensata si hagués estat una decisió editorial lliure, és una imposició humiliant pel que representa d'afront a la cultura catalana escrita, i a les normes ortogràfiques establertes per Fabra feia tot just un quart de segle.

nya amb seu a Londres. Pi exerciria la funció de cap de govern per encàrrec de Josep Irla, el qual, com a president del Parlament (1938), havia assumit la presidència de la Generalitat després de l'afusellament de Companys a Barcelona. A l'agost, el poeta, a punt d'empendre el viatge per mar a Europa, escriu des de Nova York al seu valedor per recordar-li la precària situació en què es troba i demanar-li que repensi el nomenament.[4]

Carner acabaria acceptant el càrrec de conseller en el govern soplujat a París, nomenat i presidit per Irla. Estava integrat per personalitats de la cultura i per polítics: Fabra, Carner, Rovira i Virgili, Comorera i Pi i Sunyer, el qual, víctima de les tensions polítiques entre partits, acabaria essent tan sols conseller. Pi, d'altra banda, compartia amb Fabra, Carner i Rovira la idea que la llengua i la cultura eren la base sòlida de la identitat de Catalunya. Constituït el setembre de 1945, el govern va ser de curta durada, i no n'hi va haver cap més. Carner, en una sessió del gener de 1948, presentava la dimissió (i la de Pompeu Fabra, que, resident a Prada, al Conflent, no hi va poder assistir, en l'any que havia de ser el de la seva mort) i, poc després, Irla dissolia el govern.

El sumari relat d'aquesta fugaç aventura política, que el poeta havia assumit com un deure inexcusable, acom-

4. El segon paràgraf de la carta, diu (27-VIII-45): «Per a un càrrec polític, ni que sigui provisori i fonedís, honestament, no sé pas si serveixo. Demés, la meva vida a Brussel·les serà, ben segur, molt espartana, sense gaires possiblitats, *if any*, de desplaçament. Afronto sense recança la quasi indigència, però en això s'hi perd, tal vegada, la capacitat de negociar i fins la de mostrar-se gaire útil (parlo de les activitats que em proposeu, no pas de certes altres, que també poden ésser convenients, a llur estil). En una paraula: que veuria amb gust que us repensséssiu. Només en el cas *que no hi hagi absolutament més remei*, podeu disposar del meu nom pel que voldreu. Us parlo *exactament* amb el cor a la mà, i cada paraula escrita vol dir *exactament* el que diu». La correspondència amb Pi corrobora el pensament i el posicionament polítics de Carner en aquells anys, que s'expressa, amb mesura i sentit comú, en articles d'exili (recollits a A. Manent 1985). Vegeu les cartes a Vilanova 1998 i, en la millor crònica fins avui publicada de l'exili brussel·lenc, Subirana 2000, una descripció dels fets que portaren Carner a ser nomenat conseller. Vegeu també Pi i Sunyer 1979.

plert en un context col·lectiu i personal excepcional, no ens ha de fer perdre l'objectiu que persegueixen aquestes ratlles, que és el d'introduir la lectura d'un llibre editat a Barcelona el 1953, on el poeta, com s'ha dit més amunt, feia divuit anys que no en publicava cap de nou. Marià Manent ha explicat que Carner es mostrava esquiu al projecte, reticent fins i tot a la idea de publicar llibres seus a Barcelona mentre durés la dictadura. Manent, d'acord amb l'editor Cruzet, el va anar a visitar a Brussel·les el juny de 1949, per mirar de fer-lo entrar en raó:

D'antuvi, el poeta es mostrà incommovible. No volia que sortís cap llibre d'ell a Catalunya mentre no hi hagués un clima franc de llibertat. La convicció del poeta era, en aquest punt, d'una absoluta fermesa. Recordo aquella conversa, i tinc molt present la lectura de poemes que ens va fer abans d'entrar en el tema que motivà el nostre viatge. Quan ens va llegir uns versos on es parla dels arbres de la Rambla, les llàgrimes li entelaven els ulls. Em costà molt de convèncer-lo. El diàleg va ser llarg, de vegades penós, sempre difícil. De tant en tant l'interrompia algun tret d'humor, a la manera característica del poeta, i penso que ho feia amb l'intent de desviar la conversa cap a temes menys espinosos. Recordo que, en un d'aquests moments, es mirà la meva dona, em mirà amb aire maliciós, i va dir-me: "Amic Manent: vós em dieu que heu vingut amb la vostra muller, però ¿qui m'assegura que aquesta no sigui una secretària d'en Cruzet?". Jo intentava de subratllar la conveniència d'aprofitar, llavors que la dictadura no era tan inclement amb la cultura catalana, totes les escletxes que ens permetessin mantenir el contacte entre la nostra literatura i el poble, però els meus esforços resultaven inútils. Passada una estona molt llarga, probablement em vaig veure afavorit amb una sobtada inspiració dialèctica, que en mi no és pas freqüent. La meva insistència devia oferir caires nous, ramificacions inesperades. Penso que algun argument d'Émilie Noulet coadjuvà també en el canvi, en el sobtat ablaniment del poeta. I al capdavall, cedí. He de confessar que en aquell moment vaig sentir una gran alegria [M. Manent 1984].

El poeta havia arribat al convenciment que, lluny de Catalunya, es podia fer ben poca cosa per reconstruir-la.

«Enllà com som», un poema de quatre versos no mai aplegat en llibre, datat «Brussel·les, maig del 1950» i donat a conèixer en una revista catalana de Mèxic, expressa aquesta seva certesa:[5]

Enllà com som de la pairal pedrera,
    malalts i a mitja llum,
no farem mai carreus amb polseguera
    ni capitells amb fum.

Carner acceptava, doncs, de publicar els seus versos on més sentit feia que fossin publicats. Abans d'*Arbres*, però, havien aparegut a Barcelona edicions clandestines i no controlades pel poeta, com la de *Nabi* que he esmentat, i d'altres encara, com una pirata d'*Els fruits saborosos*, amb data 1935, o *La malvestat d'Oriana*, textualment maldestre, totes dues de 1948. Són dues edicions que es valen d'un autor prestigiós per presentar un producte destinat al mercat de la bibliofília: impreses sobre paper de fil, il·lustrades amb gravats, tiratges curts, presentació irreprotxable. Però tants esforços per fer la lectura plaent es fundaven en un text filològicament irrellevant.[6]

5. *La Nostra Revista*, V, 52-53 (Mèxic DF IV-V 1950). Al cap de dos anys, en una carta adreçada a López-Picó, que residia a Catalunya, Carner esmenta la fidelitat de l'escriptor a la llengua com una de les seves conviccions més profundes quant al redreç del país: «Escriure en la nostra parla natural és, tot ben comptat i debatut, l'afer més important. La virtut emotiva del verb és la garantia més segura de la reconstrucció, un dia o altre. No cal sinó una minoria que no es dongui, i em plau que hi siguem tots dos. Planyo els que s'[hi] hagin repensat» (15-XII-52) [GUARDIOLA 1995].

6. Per completar la relació llibresca dels *carners* dels primers anys de la postguerra catalana (els impresos anteriors a *Arbres*) caldria esmentar el primer: *La més perfeta*, una menuda plaqueta, no datada, ¿1944?, publicada pels «Amics de la Poesia», entitat fundada precisament per Carner el 1920 i que ara festejava els seixanta anys del poeta amb sis cançons recollides sota el títol del poema de *Les monjoies* (vegeu la Bibliografia, on es descriuen els llibres de l'autor, antològics o no, de 1938 a 1957, excloent les traduccions).

«UN GREU COMPROMÍS M'OBLIGA...»: REPLANS CAP A POESIA

A l'exili, en canvi, en el vast territori on milers de catalans s'havien hagut d'instal·lar arran de la desfeta de la guerra, el poeta havia publicat, a banda dels dos *Nabi* americans, dos altres llibres de poesia que han de cridar per força la nostra atenció.

El primer, *Paliers* (1950), havia aparegut a Brussel·les i conté una traducció francesa de cada poema acarada al text català. Es tracta d'una edició finançada per l'autor.[7]

7. L'aventura del llibre s'inicia molt abans. L'havia de publicar Albor, l'editorial parisenca de Ferran Canyameres, que el 1948 posseïa una primera redacció del text. El carteig entre el poeta i l'editor [ORTÍN 1997] aporta poca informació. Al revés del que va mantenir amb Armand Obiols, inèdit, però en curs d'edició a la Fundació La Mirada (vegeu nota 24), on hi ha notícies que permeten resseguir mínimament els avatars del llibre. Carner (27-IX-48) anuncia a Obiols, resident a París, que «podria dir-se *Replans = Paliers*» i li comunica l'ordre dels poemes. Tots ells apareixen a *Paliers* o al veí *Llunyania*, tret d'un, «Rètol d'una modista», procedent d'*Auques i ventalls*. Obiols (31-VIII-48) comunica a Carner que l'editor troba massa llarg el recull (que havia d'il·lustrar, se'ns diu, Clavé): «Aleshores vaig dir-li que, si vós hi estàveu d'acord, es podien treure els poemes ja publicats en llibre i afegir-hi un o dos poemes nous». Al cap i a la fi, aquest projecte del llibre amb il·lustracions d'Antoni Clavé, pensat per a un mercat de llibres d'art (potser com els *Tres diumenges* il·lustrats per Grau Sala, vegeu Bibliografia), no arribarà a bon port. Obiols, tan perspicaç sempre, se n'adona, i escriu: «Tinc la impressió que Nyamaqueres és un home d'aquells que, entre la promesa i l'acte que l'hauria de realitzar, tenen un equador una mica intransitable». I així va ser. Les ratlles que segueixen en són el reflex fidel. El 10-XII-48, Carner demana a Obiols: «¿Què passa amb el llibre canyamèric? Potser serà millor que en retireu el text; ja cercaré jo de publicar-lo a Brussel·les». El 2-VII-49, poc després de la visita de Manent a Bèlgica, Carner torna a reclamar el llibre, però ara per revisar-ne el text: «És una sort que F. C. no hagi publicat els meus poemes. A causa del vostre reputat bocamollisme, vaig haver de llegir certs poemes a M. M., i em vaig quedar esgarrifat de certes febleses. Us prego, doncs, que, puix que hi som a temps, em retorneu els originals de tan de temps dorments a fi i efecte que hi faci les esmenes que són —si cal que dormi de bell nou tranquil— terriblement urgents». Ara cal interpolar una carta del poeta a Canyameres (25-VII-49): «Acabo de rebre les poesies i llurs traduccions (que hauran de sofrir algunes esmenes), i us n'agraeixo la tramesa». I el 2-X-49 a Obiols: «¿És de bell nou a París F. Ca-

Una forma de gestió de la seva poesia que no li era estranya. En els seus inicis, i almenys fins al 1920, el poeta s'havia fet càrrec dels costos d'impressió dels seus llibres, una pràctica habitual entre els escriptors del seu temps.

Però ara Carner es presentava als lectors amb una fórmula del tot nova, i no pas per la traducció dels poemes (deguda a Émilie Noulet), ni pel pròleg, signat per Roger Caillois, sinó pel fet que, sense ser una antologia temàtica, com *La inútil ofrena* (1924), l'autor s'hi mostra en dues edats a parts iguals, amb poemes vells (revisats) i poemes recents. Aquesta novetat respecte a tots els llibres anteriors indica que el poeta sentia la imperiosa necessitat (de vegades manifestament obsessiva, com ens revela la nota anterior) de revisar aquella part de la seva obra més allunyada en el temps. Com si la guerra i l'exili o el simple pas dels anys haguessin cobert els textos d'una pàtina de vellúria o d'imperfecció que ara calia eliminar per mostrar l'artefacte líric subjacent en tota esplendor: una nova manera de dir, més sàvia, més exacta (sovint com a resultat d'una operació tan simple com és adaptar l'ortografia vigent o bandejar un estrangerisme impropi o substituir una paraula arcaica). Quant al nombre de composicions, és un dels llibres més breus de Carner, fins al punt que sense l'increment de pàgines aportat per la traducció, l'imprès no arribaria a atènyer les 64 que li donen dret a ser considerat llibre i no opuscle o plaqueta. Consta de 21 poemes, 11 dels quals procedeixen d'altres reculls. El títol, *Paliers*, referit potser a les edats dels poemes que s'hi apleguen, prefigura també

---

nyameres? ¿Està o no definitivament resolt a publicar tot seguit el meu llibre, i *sobretot* a pagar (ço que fóra de bon senyal) el prefaci de Caillois?» El 30-XI-49, Canyemeres, des de París, tot dient a Carner que sí, que sí, li dóna llargues, i li obre la porta per endur-se el projecte. Carner decideix editar-lo pel seu compte. El 19-II-50 escriu a Obiols: «El llibre, així com havia estat concebut, si fa no fa, apareixerà a Brussel·les per suscripció d'amics. L'edició serà menys cara del que jo creia, i em donen facilitats de pagament». El colofó informa que el llibre es va acabar d'imprimir el 12 d'abril de 1950.

els replans del procés creatiu de revisió i consolidació del text en què estava immers el poeta.

Més extens és el segon llibre, on es dobla el nombre total de poemes. *Llunyania* es va publicar en terres xilenes, en un país que Carner ja coneixia, perquè trenta-cinc anys abans hi havia viatjat per casar-se amb Carmen de Ossa. El record d'aquella estada impregna l'exordi del pròleg:

> Envejo a aquestes ratlles el viatge que faran a Xile, on mans piadoses i amigues les daran a l'estampa. Voldria que aquest frèvol escrit saludés, en nom meu, els Andes a l'hora rosada de la posta inversemblant de bellesa.

Llunyania no es materialitzarà fins a l'abril de 1952, però l'autor havia enviat a Santiago de Xile una primera embosta de poemes el mateix 1950 (dos mesos després d'haver aparegut *Paliers*). I Carner anirà ampliant gradualment aquest primer nucli, a petició de l'editor.[8] El

8. Xavier Benguerel era l'editor d'El Pi de les Tres Branques, la col·lecció impulsada per ell i per Joan Oliver, que l'havia inaugurat amb *Saló de tardor* (1947) i que aleshores, el 1950, ja havia retornat a Catalunya. Els altres autors que figuren a El Pi, flanquejant *Les elegies de Bierville* de Riba (1949), són, malgrat l'absència de Trabal, el bo i millor dels escriptors de l'exili xilè: Benguerel, Ferrater Mora, Jordana, Guansé. Carner tancarà la sèrie de set llibres, un conjunt d'un alt magnetisme bibliogràfic i literari. Tot comença amb una carta de Benguerel (9-VI-50) demanant a Carner «un original» per publicar. I obté resposta immediata amb «material per un petit llibre» (8-VII-50) format per 14 peces: «El conjunt és d'una evident unitat, i duu el títol de *Llunyania*». L'autor no descarta d'escriure-hi un «proleguet» i d'afegir-hi una o dues poesies. Benguerel, vista la brevetat del recull, mira de fer-lo créixer per la banda del proleguet fet prologàs: «caldria que fos no res menys que la vostra autobiografia lírica, la història dels vostres llibres» (17-VII-50). Carner contesta: «El que em demaneu és una cosa pràcticament impossible; estic *ennavegat fins el coll* en la revisió de tota la meva obra poètica (en desdono una part, una altra part reviso, una altra part refaig: és un treball interminable). [...] De totes passades, crec que el llibre serà més llarg que no us penseu, perquè hi aniran a parar d'altres poemes, i un pròleg o altre serà necessari». I li envia uns «quants *Poemes reescrits*» (23-VIII-50). Benguerel agraeix el present, però insisteix a demanar el pròleg (10-X-50). Carner decideix incrementar les pàgines, «¿quantes més en voldríeu?» No envia res fins al juny: «una em-

llibre està integrat per 42 poemes, 10 de vells i 32 de nous, 3 dels quals, recents, ja havien aparegut a *Paliers*. Observant la procedència dels textos dels dos llibres ens adonem d'un fet revelador: els 20 títols revisats (10 + 10) són una mostra perfectament representativa de tota l'obra publicada abans de la guerra civil, del *Llibre dels poetas* (1904) a *La primavera al poblet* (1935).[9]

---

bosta de poesies (una sola de no inèdita, però retocada). Crec que així podreu tirar al dret en l'afer del llibre» (27-VI-51). L'editor li envia proves d'impremta, tot subratllant «que el llibre farà escassament 60 pàgines [n'acabarà tenint 132]», i torna a demanar el mateix de sempre i un «Índex amb l'odre correlatiu dels poemes», per tal d'esvair dubtes en l'ordenació (31-VIII-51). Carner envia un Índex de 41 poemes (un menys dels que finalment sortiran): hi destaca la presència d'un poema que ell mateix acabarà excloent («A Sant Jordi, en 1943») i l'absència de dos, encara no inclosos: «Convit» i «La pregària encantada» (13-X-51). Benguerel li envia noves proves (26-X-51), que l'autor reenvia corregides (2-XI-51). Segueixen, abans d'acabar l'any, dues dobles cartes de cadascun escrites a correu seguit, perquè l'editor, després d'haver consultat alguns dubtes a Cèsar August Jordana, li proposa una quinzena de correccions i Carner dóna solució als dubtes plantejats, tot afegint-hi «els poemes adjunts», que no poden ser sinó els dos indicats més amunt, que completen la col·lecció. Quatre mesos després (19-IV-52), l'editor envia al poeta el primer exemplar del llibre. El colofó indica: «Acabat d'imprimir el dia 14 d'abril del 1952» (per a la correspondència completa, vegeu Busquets 1994).

9. Els únics llibres que no tenen representació en aquesta primera selecció són *Verger de les galanies* i els dos que constituiran sengles seccions a *Poesia*: *Els fruits saborosos* i *Auques i ventalls*. Els altres llibres no antològics publicats abans de la guerra, hi són representats de manera ordenada: a *Paliers* hi figuren els poemes de reculls més pròxims i a *Llunyania*, els més allunyats. El punt de confluència, és a dir el llibre antic representat a tots dos llibres, amb 3 poemes a cadascun, és el que s'escau en l'equidistància de les dues dates extremes, 1904-1935: *L'oreig entre les canyes* (1920). Aquests són els llibres amb el nombre de poemes que hi aporten:

	Paliers			*Llunyania*	
1918	*Bella terra bella gent*	(1)	1904	*Llibre dels poetas*	(1)
1920	*L'oreig entre les canyes*	(3)	1905	*Primer llibre de sonets*	(1)
1925	*El cor quiet*	(2)	1907	*Segon llibre de sonets*	(2)
1933	*El veire encantat*	(3)	1910	*La malvestat d'Oriana*	(1)
1935	*La primavera al poblet*	(1)	1912	*Les monjoies*	(1)
			1914	*La paraula en el vent*	(1)
			1920	*L'oreig entre les canyes*	(3)

Aquesta dada permet aventurar la hipòtesi següent. Carner hauria emprès la revisió dels seus poemes ja abans de la visita de Manent (1949), com ho demostra el primer projecte de *Paliers*. I el compromís contret davant de l'enviat de l'editor d'accedir a publicar unes «obres completes» (l'objectiu que Cruzet perseguia des de 1946) en devia accelerar els preparatius.[10] Llavors devia escometre una primera prospecció de tota la seva obra i el resultat es concreta de forma ordenada en dues entregues: primer, en el llibre belga, els poemes més pròxims (1918-1935), després, en el xilè, els més allunyats (1904-1920). I és en aquesta segona entrega, a *Llunyania*, on Carner, feta ja la radiografia dels seus vells poemes, exposa i raona, en un document d'interès filològic major, la voluntat de revisar l'obra, de reescriure-la per atènyer l'exigència més alta. És una mena de manifest absolutament inèdit en la nostra tradició literària. Llegim dos paràgrafs representatius d'aquest pròleg:

En efecte, un greu compromís del qual val més, ara com ara, no fer crides a plaça, m'obliga a revisar (oh terrible lliçó de modèstia!) tota la paperassa del que he escrit. I adés, en ocasió de fer una tria dels meus versos per als catalans de Xile, m'ha semblat que hi seria més sencer si hi aparegués en les dues

10. Cruzet s'havia proposat reunir un mausoleu d'autors catalans de tots els temps en els volums compactes de la «Biblioteca Perenne»: des de Ramon Llull (del qual es presenten però les *Obres essencials*, un títol més «modest» i adequat) fins a Josep Maria de Sagarra. Aquesta encomiable voluntat perennitzadora no comptava amb gaire control filològic dels textos, salvant algun honorable exemple, i la col·lecció ha romàs un referent poc segur per a la tradició textual dels autors representats. Potser eren anys que tocava «fer feix de tot el possible», per dirho en una expressió de Carner que llegirem de seguida. En tot cas, pel que ateny al nostre autor, la idea de Cruzet es plasmarà parcialment i magníficament en un volum que fa honor al títol de la col·lecció «Biblioteca Excelsa»: *Obres completes * Poesia* (1957). Però Cruzet, que va morir el 1962, no veurà l'accés de Carner a la «Perenne» i l'autor tampoc no serà responsable del seu volum, preparat i publicat quan el poeta, malalt, ja no podia controlar el seu patrimoni escrit (vegeu a l'Apèndix 1 el final de la Biografia mínima) i el resultat de les *Obres completes. Poesia. Prosa. Teatre* (1968) és descurat i molt deficient.

edats —no pas que els poemes de les meves primeries ací acollits no hagin sofert diversos graus de canvi, per a adaptar-los al mínimum d'exigència que tal vegada els permeti de circular. He relegat, naturalment, a l'oblit una part d'aquella producció dissortada, i això no crec que pugui condemnar-ho ningú; però la meva intervenció en els readmesos *sub conditione* convé que sigui justificada. [...]

Nogensmenys, cal que afegeixi, en aquest lloc, la més forta raó per a la que jo anomenaria, tot amb tot, saludable irreverència envers el meu passat. Vaig començar a escriure i a publicar en una època de gust indecís, de verb literari encara fluctuant, de benvolença corrosiva envers migrades valors: afany, en el poc, de fer feix de tot el possible. Avui (amb un marge, encara, n'estic segur, d'autoindulgències indegudes) voldria, almenys tendencialment, seguir la línia que en 1948, en certa ocasió assenyalada [en el discurs presidencial dels Jocs Florals de París], vaig expressar en aquests termes: Ens pertoca d'atènyer el nivell exigent de les grans literatures i les altes ciències. No bastarà pas de no fer prou meravella. Cadascú de nosaltres ha de créixer, i bé pot: la gran virtut de la llengua li ho permet.

La concreció d'aquesta opció revisionista a *Poesia* (1957), tan exigent, de tanta envergadura, és un regal per a tot lector de poesia i no invalida de cap manera la lliçó dels poemes integrats en la seqüència primitiva, en els llibres primers (del *Llibre dels poetas* a *La primavera al poblet*), que ja eren, són, en la seva sincronia, història viva de la trajectòria poètica de l'autor i consecucions indiscutibles del català literari del segle XX.

Arbres respon a la voluntat de revisió expressada l'any anterior al pròleg de *Llunyania*. L'única diferència respecte als dos replans anteriors és la condició de recull temàtic. I com a tal, amb algun retoc d'estructura i contingut, constituirà una de les seccions de *Poesia*, el llibre major. La publicació d'*Arbres* insinuava, per tant, que la revisió general s'orientava també, tot i que no únicament, cap a constituir col·leccions de poemes de temàtica afí, un doble camí (revisió i nou recull) que no era del gust dels lectors d'elecció de Carner. Fins al 1952, aquest sanedrí estava format per Carles Riba, Marià Manent i Armand Obiols, exiliat a París. Aquell any, aquest darrer es va fer fonedís, i van quedar Riba i Manent, reticents a la revisió de gran abast que Carner anava perfilant. Davant d'aquests dos noms, algú pot pensar en la reescriptura total que representa, trenta anys després de la primera, la segona traducció de Riba de l'*Odissea* d'Homer (1948). Són figues d'un altre paner. En l'àmbit de la pròpia creació poètica, eren poetes poc empesos a revisionar els seus versos i la dràstica lectura d'ell mateix que el poeta havia emprès no els feia cap gràcia. Un exemple que val per a tots és el de Riba. Forma part d'una carta escrita a un col·lega el 29-XII-1952:

Tinc *Llunyania* de Josep Carner. Un bon mestre! (Llàstima només que faci malbé, corregint-los, grans poemes seus d'altre temps!)[11]

11. I amb un re de suficiència, continua: «He de fer per a Selecta una antologia d'ell: l'aventura em tempta, em permetrà de reunir *un Carner fort* d'en mig de molta desigualtat i de molta banal retòrica». No hi ha ni un sol vers de *Nabí* en aquesta antologia de 155 poemes preparada per Riba en base a *Poesia* i publicada després de la seva mort: *Antologia poètica*. Barcelona: Editorial Selecta (Biblioteca Selecta 347) 1963. La carta és adreçada a Artur Bladé i Desumvila (vegeu GUARDIOLA 1991). Potser s'hauria de dir també que en algun poema revisat a *Llunyania*, com «Serenata d'hivern», hi ha puntes extremes de revisió que Carner reconduirà a *Poesia* (COLL 1992a). En la distància de 1984, Manent, en l'article citat de *L'Avenç*, considera que «moltes vegades el redreçament de lèxic, de prosòdia i d'estil millorà el poema i en desplegà plenament, sobretot en els poemes primerencs, la seva intenció originària. L'agrupament per temes, desfent l'estructura dels llibres on havien aparegut per primera vegada les composicions, és una decisió més discutible». A la «Introducció» de la meva edició de *Poesia* (COLL 1992a), vaig explicar el clima de dissensió amb què va ser rebut per part dels lectors d'elecció el procés de revisió dels seus poemes. Riba i Manent són els noms acceptats per Carner com a integrants d'una terna de lectors completada per Obiols, com es desprèn d'aquesta carta a Cruzet: «Els noms de C. Riba i M. Manent em semblen molt bé, però voldria afegir-hi, com suplent en cas d'un canvi de circumstàncies, el d'Armand Obiols» (6-I-50). Els tres noms apareixeran citats en el Contracte d'Edició de les Obres Completes, signat per Cruzet i Carner el gener de 1951: «L'autor delega en els Srs. Carles Riba, Marià Manent i Armand Obiols, junts o indistintament la revisió i ordenació de les seves obres completes». El redactat cruzetià podria induir a error. A la pràctica, els esmentats senyors llegirien les sèries de poemes que Carner enviaria a

S'esperaven la més òbvia aplicació del terme obres completes: edició de tots i cadascun dels llibres de l'autor, l'un darrere l'altre. I l'autor va posar en entredit aquest concepte. Potser la falta de perspectiva els va impedir de poder entendre *Poesia* com *un* nou llibre del poeta, el més extens, el més complet, el més savi, el llibre summa. Explorar la pròpia obra propiciava relegar a l'oblit (segons expressió de Carner) molts poemes que constituïen els llibres més reculats (1904-1914), i això feia impracticable mantenir molts títols dels llibres antics i obria les portes a l'aparició de noves col·leccions, com Arbres, com Mar.[12]

LA HISTÒRIA EXTERNA D'ARBRES

La primera proposta de Cruzet a Carner la conté una carta del 7 de juny de 1946, secundada per una altra de Riba quinze dies després, i se cenycix exclusivament a la publicació de les obres completes dins d'un pla general d'edició d'autors catalans. Carner no va contestar. Ni a una segona emissió de la carta, secundada ara per una altra de Manent.[13] Cruzet tenia l'aval de dos confrares de

---

Barcelona i donarien el seu parer a l'autor. Tot plegat, una escenificació ben innecessària, perquè només faltaria que l'autor no pogués fer el que volgués amb la seva obra.

12. El total de poemes dels llibres compresos entre *Llibre dels poetas* (1904) i *La paraula en el vent* (1914) és de 448, dels quals 258 van ser exclosos de *Poesia*, gairebé un 60%. Però de *Bella terra bella gent* (1918) a *Lluna i llanterna* (1935) sobre un total de 539 només hi ha 34 exclusions, un 6%. I els poemes publicats als llibres de postguerra són tots a *Poesia*.

13. Les cartes dels corresponsals barcelonins al poeta i moltes de les seves respostes les vaig utilitzar a la meva tesi doctoral (Coll 1991), en base sobretot al Fons Josep Carner. Anteriorment, Segimon Serrallonga havia publicat onze documents: «Les cartes entre Carner i M. Manent per a l'edició de *Poesia* (1957)» a *Reduccions* 29-30 (1986). Per a una consulta del conjunt, vegeu Subirana 2002 (epistolaris entre Carner - M. i A. Manent) i Subirana 1995 (epistolaris Carner - J. M. Cruzet i J. Miracle, director literari de Selecta). Amb el fi de descriure i interpretar la història externa d'*Arbres*, parteixo d'aquesta edició de l'episto-

Carner, però el poeta no coneixia l'editor i devia recelar d'una editorial tolerada per la dictadura (i tampoc no tenia encara un pla d'edició de les seves obres). Ara ja sabem que la visita de Manent, al cap de tres anys, va desencallar el projecte de Cruzet. Però els plans de Carner per abordar «l'omnibus» (les obres completes en el dir del poeta) no eren del tot coincidents amb el que l'editor li proposava. En una carta adreçada a Manent, i datada uns mesos després de la trobada brussel·lenca (8-XI-1949), Carner es compromet a treballar-hi i a avançar-hi gradualment. El llibre vegetal hi figura com a segona opció, i acabarà sent la primera. És un document escrit en italià, una estratègia tota carneriana per fer apendre idiomes a la censura. Hi proposa dos volums nous. «Il primo, il *Mistero*», que vol dir una refecció en català del *Misterio de Quanaxhuata* (1943). «Il secondo volume sarebbe (dicendolo in italiano) *Alcuni alberi*» i tot seguit obre la possibilitat de preparar en un termini breu una tria de poemes dels seus primers llibres, fins a *Les monjoies* (1904-1912), un projecte semblant al que Editorial Catalana havia anunciat el 1923: *Poesies (1901-1910)* i que, com el d'ara, no es realitzaria mai. Manent consulta Cruzet i expressa en la resposta (24-XI-1949) la voluntat de l'editor: «De moment [ell] preferiria que preparéssiu la

---

lari per les cartes del poeta que no figuren a l'esmentat Fons: a Subirana no li consta la primera proposta adreçada per Cruzet a Carner, conservada al Fons i datada el 7-VI-46 (se cita a Coll 1992a), i reenviada uns mesos més tard a Brussel·les, amb un paràgraf nou, el 8-X-46. Si en aquest segon intent de contactar amb el poeta, Cruzet rep el suport de Manent (10-X-46), en el primer intent, havia obtingut la complicitat de Riba (21-VI-46): «Crec, estimat Carner, que, mirant-ho per fora i per dins, convé que accepteu la proposta que us fa l'amic Cruzet. Pot ésservos personalment avantatjós; ho serà per al nostre públic, per a un públic que necessita els seus clàssics i no els troba al mercat. No us he de subratllar com aquest contracte respecta la vostra independència d'autor, en tots sentits» (vegeu Guardiola 1991). Sense que s'hagi d'establir una relació de causa efecte, la data del primer contacte (7-VI-46) es produeix un mes després d'una carta de Pla a Cruzet, on l'escriptor recorda a l'editor el nom del poeta (1-V-46): «¿Ha pensat amb Carner? Ara és el moment de moure's» (vegeu Gallofré 2003).

selecció fins a *Les monjoies*; el segon volum podria ser *Alguns arbres*. El *Misterio* quedaria per a més endavant».[14]

Som a finals de 1949. Passa més d'un any. El gener de 1951 Carner i Cruzet signen un contracte d'edició de les obres completes. Les bones intencions ja són una realitat contractual. Les cartes continuen circulant amunt i avall, avall i amunt, entre l'autor i l'editorial, entre l'autor i Manent. L'editor no rep, però, cap llibre de poemes. Tothom espera *Els arbres*. Carner escriu a Cruzet (12-VI-1952) posant ara l'accent en la possibilitat d'editar primer Mar (la futura secció desena de *Poesia*), un projecte que no arribarà a bon port. En definitiva, el poeta s'adona que una bona manera d'avançar cap a l'omnibus és publicar-ne abans seccions separadament. I al costat de Mar, anuncia la pròxima tramesa d'*Arbres*, l'única col·lecció que es publicarà de forma separada:

Més tard, amb Arbres (sèrie totalment enllestida, salvant que em proposo d'afegir-hi dos poemes a escriure) es podria fer una cosa anàloga.

Si són poemes «a escriure» i no a revisar (i vist el sistema de compleció del llibre, que examinarem més endavant), és probable que un sigui «L'arbre de la nit», l'arbre metàfora dels somnis:

El dia és un vaixell que avança dissolent-se
i és un gran arbre immemorial la nit.

I és més que probable que l'altre sigui «A un auró», el poema que comença:

14. El *Misterio* no interessava l'editor barceloní. Manent devia desgranar la proposta a Cruzet, el qual, en un apunt d'una «Conversa Manent 17-X-1949», anota l'oferta carneriana i referint-se al *Misterio* escriu: «Trad. mejicana (no interessa)». Carner se n'ocuparà per una altra via, perquè ell sí que ho devia considerar una prioritat, i al cap de poc va trobar editor per publicar la reescriptura de l'obra en català dins la renascuda «Biblioteca a tot vent», *El Ben cofat i l'Altre* (Perpinyà, 1951). Vegeu la Bibliografia. Pel que fa a l'anunci d'Editorial Catalana, va aparèixer a *La Veu de Catalunya*, el 30 de gener de 1923.

Farà aviat un any que cada dia
et veig per la finestra al meu costat,
oh noble auró d'un jardinet, que muntes
més alt que no el teulat!

L'inici del poema s'ajusta a la biografia real de Josep Carner. Feia no ben bé un any que el poeta s'havia mudat de casa. A primers d'octubre de 1951, deixava el Boulevard A. Reyers, 155, el seu segon domicili a la ciutat belga, i s'instal·lava al carrer Souveraine, 99 (Ixelles: Brussel·les).

Finalment, al cap d'un mes (tres anys després del primer esment del llibre), una frase telegràfica del poeta anuncia a Cruzet la tramesa del text mecanografiat (14-VII-1952):

Ara li envio a V. la col·lecció *Arbres*.

(D'aquesta «col·lecció», en la forma mateixa d'aquesta data, es conserva una còpia incompleta d'autor, actualment al Fons Josep Carner de la Biblioteca de Catalunya, que va arribar a Barcelona amb el llegat del poeta després de la seva mort: vegeu, més avall, el capítol «La present edició» i l'Apèndix 2.)

S'escolen uns mesos. L'editor demana al poeta si el títol ha de ser *Arbres* o *Els arbres* i li suggereix amb tota franquesa d'afegir-hi *Els fruits saborosos*, entenent potser que els títols tenien certes afinitats. A la mateixa carta (12-XI-1952), es parla de prologar el nou llibre:

Quant al pròleg, ¿havia pensat en la conveniència de que n'hi hagi algun? ¿El faria vostè? Si no li convingués, ¿trobaria bé que el redactés En Manent tenint en compte que En Riba farà el corresponent a la seva *Antologia poètica*?[15]

15. Cruzet es refereix a l'antologia que prepararà Riba i que apareixerà el 1963 (vegeu nota 11). En el mateix document Cruzet li exposa les condicions contractuals, que Carner acceptarà: el llibre es comercialitzarà a 35 pta [0,20 €] i l'autor percebrà 2,50 pta per exemplar venut (un 7%) i una bestreta de 2000 pta. «La tirada seria probablement

El text prologal de l'autor no s'acabarà de concretar mai i únicament progressarà la «Nota preliminar» de Manent. Carner, d'altra banda, descarta acollir *Arbres* i *Els fruits saborosos* en un mateix llibre. Decideix, com és natural, no barrejar les llibretes (24-XI-1952):

Serà benvingut el pròleg de M. Manent, amic tan estimat, però caldrà que ens ensenyem mútuament, ell, el pròleg a mi, i jo a ell una certa advertència preliminar que ja tinc esbossada. Quant al llibre *Arbres*, és millor, al meu entenent, de conservar-li aquest títol. Probablement li enviaré encara alguns altres poemes per a augmentar-ne el gruix, perquè *Els fruits saborosos* són massa diferents de to. M'agradaria, si fos possible, que en aquesta edició, cada poema comencés pàgina.

Cruzet ho accepta (1-XII-1952):

Completament d'acord respecte als *Arbres* i el seu contingut. El títol serà *Arbres*. Tan aviat com vostè m'enviï la resta dels poemes, ho tirarem endavant i com que l'original és curt, cada poema podrà començar pàgina nova. Jo ja pensava fer-ho així. Enviï'm també la seva advertència preliminar que faré a mans de Manent, al qual he posat al corrent de la seva carta i està molt il·lusionat de fer el pròleg. Tots desitgem que *Arbres* pugui sortir ben aviat.

El suggeriment de Cruzet d'obrir el llibre a algun altre recull no era injustificat des d'un punt de vista editorial. El text tramès a Barcelona augurava un llibre molt prim, massa. Fins i tot per integrar-lo en una col·lecció tan menuda com la Biblioteca Selecta, d'una mitjana generalment superior a les 200 pàgines. Quan l'editor li suggereix d'incorporar un altre títol a *Arbres*, el llibre comptava amb 54 poemes, que, començant cada un d'ells pàgina nova, haurien ocupat 64 pàgines amb el cos de lletra utilitzat. Més endavant s'hi afegirien 6 poemes

---

de dos mil exemplars» (al cap de dos anys d'haver-se posat a la venda s'havien venut uns 850 exemplars del llibre, una quantitat que s'ha de considerar molt satisfactòria).

que pal·liaven una mica el problema, però el nombre de pàgines continuava sent molt inferior a la mitjana de la col·lecció. El llibre (vegeu-ne la descripció a l'Apèndix 2) n'acabarà tenint 252 i l'estratègia per incrementar-les passava per fer jocs de mans, compaginar el text amb una desfilada important de blanques: cada títol de poema formaria una portadella (amb el dors en blanc, esclar), i això sol, sense ni un sol vers encara, ocupa 120 pàgines, la meitat del total del llibre, a les quals s'afegiran les 29 blanques generades pels poemes que ocupen una sola pàgina (o que n'ocupen tres). Per dir-ho amb paraules de Cruzet, que ara mateix tornaré a citar, és un llibre «compaginat amb un criteri d'esplendidesa».

Al cap de dos mesos, Cruzet torna a escriure a Carner veient que els «altres poemes» no acaben d'arribar (10-II-1953):

Tot està a punt i res s'oposa a la propera publicació del volum *Arbres*. Únicament estava pendent de la probable remesa anunciada d'alguns altres poemes més per augmentar el gruix del llibre: però com que el material que tinc compaginat amb un criteri d'esplendidesa és suficient per a formar-lo, jo crec que en el cas de que a vostè no li sigui possible transmetre'm els dits poemes en un termini molt breu, es tiri el llibre endavant.[16]

Carner dóna senyals de vida (15-II-1953) i s'apressa a engruixir la col·lecció:

Em plau que el llibre pugui sortir aviat, i m'acuito a enviar-li tres poemes per al seu final.

Aquests tres poemes són, amb tota probabilitat, «La dona arbre», «L'arç i la primavera», «Arbre primer». I significa que el mecanografiat de Carner enviat a l'edito-

16. I continua: «Tant en Riba, Manent com jo, opinem que la represa de contacte de vostè amb el públic català —o sia la publicació d'aquest volum— és inajornable, i si vostè em contesta ràpidament, jo tractaré que els *Arbres* apareixin pels volts del 23 d'abril, diada de Sant Jordi i Festa del Llibre».

rial el 14 juliol de 1952 contenia 54 poemes i que el darrer era, en efecte, «A un auró», l'arbre que el poeta veia per la finestra de la seva nova casa, un dels dos últims que hauria incorporat al llibre. Que aquest era el darrer de la sèrie, ho confirma la posició del poema en la còpia d'autor del mecanoscrit enviat a l'editorial (vegeu l'Apèndix 2). La primera redacció del llibre es tancava amb aquesta última estrofa d'«A un auró»:

> Oh noble amic sobre lilàs i hortènsies!
> Si algú troba el meu nom, temps a venir,
> que no retreguin una tasca incerta,
> sinó el teu cor veí.

En canvi ara, amb la nova volada de textos («tres poemes per al seu final»), és «Arbre primer» el poema que posa fi a la col·lecció. Amb tot, el poeta no dóna per tancat el llibre i en la mateixa carta, afegeix:

> Tinc *al teler* dos nous poemes per a *Arbres*. *Si surten* molt aviat, els hi enviaré (i seran els darrers). Però si no pot esperar-los, no hi fa res; els posarem més tard a la secció Arbres de les *Obres Completes* (¿no podríem canviar aquest títol que m'esgarrifa?).

Cruzet rep la carta: «de la qual», diu (21-II-1953),

> separo els tres poemes per al final dels *Arbres*, que ja hem començat a tirar endavant, en el benentès que si entretant vostè ens n'envia dos més —els darrers— els hi inclourem —si hi som a temps— i si no aniran més tard en la secció Arbres de les seves obres.

L'editor té la cura d'estalviar-se per un cop l'adjectiu emblema de la seva editorial, el que esgarrifava el poeta pel sentit que té de fita inapel·lable (i potser també d'enorme muntanya de paper «a revisar»). I un mes després, Cruzet torna a insistir, demanant que els dos últims textos s'acabin de teixir (23-III-1953): «Encara som a temps d'incluir els dos poemes a *Arbres*, de manera que no deixi d'enviar-me'ls tan bon punt els tingui enllestits».

Carner no tarda a contestar-li que se'n va uns dies a Venècia i que «Potser amb motiu d'aquest viatge podré enviar-li els dos poemes per a *Arbres*» (27-III-1953).

Dos mesos després, Cruzet, superada ja la data de Sant Jordi (assenyalada en un principi com a ideal per a l'aparició del llibre), fa l'últim intent per incrementar el nombre de poemes (26-V-1953):

> *Arbres* estan en premsa i Manent a punt de lliurar el seu pròleg: però encara seríem a temps d'incloure-hi els dos últims poemes si me'ls enviés ràpidament. Per la meva part desitjaria en gran manera que això fos possible.

I, ara sí, Carner li envia els últims textos (29-V-1953):

> Estic content de poder arribar a temps amb els 3 poemes adjunts per a *Arbres*.

N'havia promès dos i n'arriben tres, que són, amb tota seguretat: «El lledoner i els verns», «Lamentació dels cedres del Líban» i «A un avet jove», els tres que figuren al final del llibre. El supernumerari, el no esperat, deu ser el darrer, que comença: *Avet jove del mont Cenís*, escrit probablement durant o després del viatge a Venècia. Carner, procedent de Bussel·les, devia fer un sojorn o devia passar pel Mont Cenís, a la frontera francopiemontesa. Els tres poemes s'imprimiran a continuació dels tres anteriors i completaran el nombre de 60 que conté el llibre.

A partir d'aquest moment la informació referida a *Arbres* deriva cap a les petites coses que circumden la producció, els detalls inherents a tot acabament de llibre. Com la demanda de «dar un cop d'ull al pròleg de Manent», que examinarem més endavant, o la petició d'un retrat per al frontispici que l'editor, via Manent, demana al poeta, a la qual Carner respon directament a Cruzet (18-VI-1953):

> Qüestió retrat. Em fa horror la idea d'una fotografia meva. Això, en vida de l'autor, sempre m'ha semblat *sudamericà*. Però crec

que he trobat una solució per complaure'l a vostè i no desplaure'm massa a mi mateix. En l'edició del meu *Giravolt de maig* hi ha, diguem, el meu *cap*, en un perfil de línia fet per l'inoblidable Xavier Nogués. No hi hauria pas millor solució que la de reproduir aquell dibuix, que és d'una gran qualitat, i val la pena per si mateix. Li agrairia moltíssim que acceptés la meva idea.

El full de làmina que orna i acompanya la portada del llibre és el perfil del poeta que Nogués va dibuixar en un llunyà 1928, arran de la publicació d'*El giravolt de maig* (el text que el poeta va escriure per a l'òpera d'Eduard Toldrà). Al peu del dibuix, s'hi reprodueix la signatura actual del poeta.

S'escola un altre mes. Carner, al fort de l'estiu, escriu a Cruzet i, com qui no vol la cosa (24-VII-1953), li deixa anar: «No sé si els *Arbres* han aparegut o no». I al cap d'uns dies es despenja amb un nou text (4-VIII-1953):

Un poema, «Diàleg», a afegir a la col·lecció *Arbres*, si s'hi fos a temps (podria anar com a penúltim) i a conservar, en tot cas, per quan la col·lecció Arbres s'integri en el llibre complet.

El poema no arribarà a temps de ser-hi incorporat. Però, amb el títol canviat, «Conversa», passarà a tancar la secció a *Poesia*, per bé que la idea expressada pel poeta era la de situar-lo en el penúltim lloc del llibre.

L'octubre, quan feia un mes que el llibre havia aparegut, Carner escriu satisfet al seu editor per agrair la publicació del llibre i la tramesa d'exemplars (21-X-1953):

He rebut els exemplars d'*Arbres*. Jo, personalment, tinc gran simpatia pel format que permeti de portar el llibre a la butxaca. No he pas gosat rellegir-me gaire, per por de no estar-hi d'acord, però l'edició m'ha semblat acurada.

ESTIC ESPERANT EL LLIBRE AMB CANDELETES

«Estic esperant amb candeletes el llibre que em promet. El seu títol, *Arbres*, em fa pensar en "Els cocoters de Macuto". No s'en oblidi» (3-II-1953). És la veu de Maria Antònia Salvà, la poetessa mallorquina, vella amiga de Carner, al qual acaba de retrobar epistolarment.[17]

Vaig veure un dia a Macuto,
i els estic veient encar,
quatre cocoters en rengle
aturats davant la mar.

El poema té una arrancada de rumba, de sàvia poesia popular, i és del temps del consolat de Costa Rica. El segon vers, canviat als anys cinquanta: *per un present de l'atzar*, respecta, aquí, la lliçó d'*El cor quiet* (1925), la que recordava Salvà, lectora atenta de la poesia de Carner. Per ella, tenim informació de l'interès que va despertar, entre els lectors, el nou llibre del poeta. Alguns recordaven els seus poemes i d'altres havien sentit a parlar de la seva personalitat literària. La poetessa de Llucmajor, com sempre des de la finca familiar de l'Allapassa, relata al seu vell amic aquestes impressions (28-VIII-1953):

He rebut recentment lletra d'un poeta català, bon amic meu [Josep] Ros i Artigues, i em diu: «Està anunciada l'aparició d'un llibre de versos de J. Carner, *Arbres*, amb pròleg de Marià Manent. Edició de la Casa del Llibre. L'anuncien com ja aparegut, però en realitat no el posaran a la venda fins el mes entrant. He comprovat que el sol anunci del llibre ha interessat molt, i els dependents de l'esmentada llibreria m'han confirmat que moltes persones van a demanar-lo, cosa que dissortadament no acostuma passar ara amb les edicions dels nostres autors.

Però el llibre també va despertar interès entre algun nou lector i algun nou crític de l'última generació anterior a la guerra, que havien començat a llegir el poeta als anys quaranta i ara es disposaven a explicar el resultat

17. Les paraules de Salvà són la resposta a un anunci de Carner de primers d'any: «Si tot rutlla, rebrà en aquest any un volum meu amb coses velles (revisades) i noves —*Arbres*» (4-I-1953) [Julià 1997].

de les seves lectures. Com Ferraté, que va escriure un breu assaig sobre *Arbres*. Com Vilanova, que va consagrar a Carner un llarg article en tres parts publicat al setmanari *Destino.*[18]

La mateixa «Nota preliminar» de Marià Manent festeja de forma implícita el retrobament del poeta amb el públic (i ho fa possible de la millor manera, sense dir-ne res, com si no haguessin passat els anys de silenci editorial). El text té, d'altra banda, una petita història que convindria explicar.

ELS ARBRES SENSE NOM: METÀFORES I REPRESENTACIÓ

El llibre de Carner parla de les persones per mitjà dels arbres. I els arbres escollits pel poeta, aquells que li *parlaren en plana o en pujol*, formen un bosc imaginari poblat per unes quaranta espècies, d'hàbitats diversos, de variada personalitat (vegeu-ne el catàleg a l'Apèndix 5). Alguns arbres coincideixen en un mateix poema i d'altres, pocs, figuren a més d'un (pollanc, faig, pi, xicranda, xiprer). Quatre poemes ens parlen d'arbres genèrics, sense especificar de quin es tracta, i set més versen sobre fulles. I n'hi ha cinc on l'arbre *no és* arbre: «L'arbre de l'Esperança», «Arbre encastellat», «L'arbre de la nit», «La dona arbre» i «Arbre primer».

«L'arbre de l'Esperança» és segurament el poema més vell de tots els que formen la col·lecció i és un arbre simbòlic. I si el lector es pren la molèstia de comparar, a l'aparat de l'edició, la lliçó dels dos textos, el d'*Arbres* amb el de cinquanta anys abans, s'adonarà que *ara*, per als lectors de 1953, era una mica més simbòlic que per als de 1905.

18. «*Arbres*, de Josep Carner» (1953) [Ferraté 1957]. «La poesía de José Carner», *Destino* (1953) [Vilanova 1953]. Aquest article, amb vacil·lacions sobre títols i obres publicades (no era fàcil en aquells anys obtenir els llibres de l'autor), pren la novetat editorial com a pretext per parlar de l'obra i la significació de Carner i és un balanç de la seva trajectòria més que no pas una crítica del llibre recent.

«Arbre encastellat» pertany també a la mateixa categoria figurativa. El parlant apostrofa aquest arbre solitari, *nat d'una llavor | caiguda i petjada*, enrocat a la roca viva, i espera que, *en temps a venir*:

sigues amb bon dret,
en dia més noble,
príncep d'un aulet,
profeta d'un poble.

La poesia és dels anys de Mèxic, és un d'aquests textos d'exili (aquí exemplificat per un arbre que s'erigeix en símbol), on el pensament dominant és l'esperança que la terra, llunyana i mitificada, ara en destret, atenyi algun dia la plenitud.[19]

«L'arbre de la nit» és una brillant metàfora del somni. Cada part de l'arbre hi té la seva funció: les fulles, el tronc, que fa de coixí. Les arrels ens retornen imatges i paraules del passat:

I, quan ens veuen en el son, treballen
les rels i, com tentacles, se'n van impiament
vers on es planyen les imatges del que fórem
—afany o migrament—,
i ho remunten en trets esborradissos,
inscripcions en alfabet incoherent.

19. Així es desprèn d'una carta d'Agustí Bartra a Carner: «En aquest núm. 8 de *Lletres* va el vostre "Arbre encastellat", que em vau deixar poc abans de la vostra partença; ja no em queda res vostre per a la nostra revista. [...] *Lletres* no pot sortir sense ésser-hi vós» (20-VI-46) [ORTÍN 1998]. Efectivament, el nom del poeta havia aparegut a tots els números anteriors. Aquesta, però, serà la darrera col·laboració de Carner a la revista, que, d'altra banda, apareixerà tan sols dues vegades més a ritme alentit, l'últim és el núm. 10, de gener de 1948. A la mateixa carta, Bartra li anuncia la tramesa d'exemplars d'una recent antologia del poeta que ha preparat per a l'editor Costa Amic, de Mèxic: «Tornant a la petita antologia: m'he atrevit a saltar al gran jardí de la vostra poesia per collir-hi algunes flors, a l'atzar. Que totes les flors excloses del ram, i vós, em perdonin. I perdoneu-me també el pròleg». Per a la descripció de l'*Antologia* (1946) vegeu la Bibliografia.

«La dona arbre», representació literària d'«Una escultura de Fenosa» té també molta força imaginativa. Carner considera l'estatueta una «hamadríade» (nimfa dels boscos, dels arbres) i és de fet una violinista, meitat arbre meitat dona. És una poesia que convé llegir mirant l'escultura, estímul del text (a l'Apèndix final es reprodueixen les dues obres acarades).[20] L'efecte que ens pot causar aquesta lectura comparada és el mateix que suscita «Infidelitat», el sonet de *La paraula en el vent*.[21]

20. L'escultura que va servir d'estímul i model al poeta forma part d'un conjunt de quatre estatuetes: «Les musiciennes» (1945), catalogades amb els núm. 321-324 a *Fenosa. Catalogue raisonné de l'oeuvre sculptée* (ed. Nicole Fenosa i Bertrand Tillier). Barcelona: Ediciones Polígrafa, 2002. El núm. 321 correspon a «Violiniste», una terracota conservada a la Fundació Fenosa d'El Vendrell (INV 107). Se'n va fer un tiratge d'un sol exemplar en bronze. Es pot reconèixer com l'hamadríade del poema per la *cinta indistinta* i per les mans: *fresses de rama, sospirs de tany*. Ho remarco perquè existeix una plaqueta del text amb fotos d'una escultura que no és l'hamadríade del poema: *Fenosa. L'hamadríade del violí. Poema de Josep Carner*. Edició a cura de Joan Gili. Fotografies d'Etienne Bertrand Weill. València: Artes Gráficas Soler, 1964. Les cinc fotos que il·lustren la plaqueta són d'una altra escultura fenosiana que no es correspon amb la precisa descripció que llegim al poema! El catàleg esmentat, potser fent cas de la plaqueta, creu també, per error, que la poesia es funda en una altra «Violiniste» (1946), núm. 356 (INV 101). D'altra banda, la idea de publicar el text il·lustrat va sorgir de Fenosa, com explica Joan Gili a Carner: «Per cert que en Fenosa voldria que li fes una edició d'aquell magnífic poema vostre "L'hamadríade del violí", amb fotografies de l'escultura. Bona idea, ¿oi?» (15-III-1962) [Domènech 1998]. I, de fet, la noia del violí devia continuar seduint Fenosa: l'any següent, l'any abans de la plaqueta, crea una nova «Violiniste», núm. 921. Quant al text del poema que reprodueix la plaqueta patrocinada per Joan Gili, és el de «La dona arbre» (*Poesia* 1957) i no el que s'escauria pel títol, el de la *Revista de Catalunya* o de *Paliers*. Gili va ser amic de Fenosa, i amic, editor i traductor de Carner. La seva traducció de *Nabí* ha estat recentment editada: Josep Carner, *Nabí*. Translated from Catalan by J. L. Gili. Catalan text edited by Jaume Coll. Preface by Jonathan Gili. Introduction by Arthur Terry. London: Anvil Press Poetry 2001. En aquest context cal potser dir que Apel·les Fenosa va «bustificar» el poeta el 1948 o el 1949. Segons el catàleg citat, es desconeix la localització de la terracota original, de la qual es va fer un sol exemplar en bronze (18,3 x 13 x 15), actualment en una col·lecció privada.

21. «Infidelitat (Davant un Paolo Veronese de la National Gallery)». Vegeu Coll 1998, on a les pàgines finals es reprodueix el quadre londi-

Quan el referent poètic ens és conegut i es pot contemplar, i em refereixo a l'estatueta de Fenosa i al quadre de Veronese, estímul del sonet esmentat, l'experiència que ens depara la doble lectura és molt econòmica, perquè el recorregut necessari per a la comprensió del text és més breu. El model dóna pistes per capturar algun recòndit sentit del poema, que, al seu torn, il·lumina algunes zones del model. És un exercici per curiosos, si voleu, i és reconfortant. Però a diferència del sonet sobre la pintura, el poema d'ara va més enllà de la descripció de les dades ofertes pel model: el text imagina accions de l'hamadríade que l'escultura de Fenosa, naturalment, no reflecteix ni insinua.

El cinquè arbre innominat és «Arbre primer», el poema que havia de tancar la col·lecció en la penúltima sèrie d'incorporacions al llibre, un poema lúcid i penetrant que obre perspectives inusitades de lectura. L'arbre primer és la volta celeste, l'arbre que amb la seva immensa «capçana d'estelada» embolcalla tots els arbres, tots els humans. És la incògnita del més enllà, l'abisme sense remei: el reialme de l'*oblit irreparable*, de la *faç buida de la vida*.

La «Nota preliminar» de Marià Manent a *Arbres* es refereix al poema com la «nota amarga», desviada de l'optimisme cristià més característic. Llegim-ho en aquest paràgraf que se n'ocupa (el lector trobarà, d'altra banda, el text sencer a l'Apèndix 2).

No solament diversitat hi ha en aquest llibre, sinó una estranya tensió. Li ve del contrast entre el to joiós i vital de la majoria

---

nenc del Veronès, que Carner va interpretar en un sonet. Un exercici poètic tan vàlid com descriure un paisatge o un amor dissortat. A *La paraula en el vent*, per cert, hi figura una poesia («Els somnis»), on el parlant somia un ésser també mític, una sirena, amb el cos escindit en dues realitats. Quant a la presència no rara de personatges més o menys fabulosos a l'obra de Carner, es pot recordar l'aparició poètica d'un faune i la breu narració «La paitida». La rúbrica inicial del conte diu: «Paitida, dona de font, esperit de l'aigua brollant, en el folklore montsenyenc. Comunicat per Guerau de Liost». Es va publicar a *Lletres*, I, 1 (Mèxic, V, 1944), recollit a A. Manent 1985.

dels seus poemes (triats al llarg de l'obra ja publicada) i algunes composicions recents, que revelen la temença de l'Oblit implacable. Diríeu que el poeta ha sentit ara i adés la insuportable tristesa dels qui veuen, però en forma molt més tràgica que l'al·lusió rilkiana, com s'aparta d'ells «el gran rostre de la Vida». L'home perdut en la seva illa breu, en l'oceà del temps històric i prehistòric, contempla l'oblit tentacular, *arbre damunt dels arbres*. Aquesta nota amarga, com treta d'una melodia de Valéry, no és freqüent en el llibre. El seu to predominant és tot altre. És de vida rica i joiosa, de somriure innúmer.

Carner, en la carta on enviava a Barcelona els tres darrers poemes, havia demanat a Cruzet (29-V-1953) el pròleg de Manent:

Un prec: desitjaria dar un cop d'ull (24 hores) al pròleg de Manent. Naturalment que respectaré absolutament el seu text en el seu valor crític (i estic pagadíssim d'aquesta col·laboració seva) però voldria evitar algun petit error o distracció en l'ordre de fets, dates, etc. Crec que això és necessari, sobretot perquè ningú no creurà que jo no hagi vist el seu pròleg prèviament a la publicació.

En els escrits de Manent dels anys cinquanta sobre la poesia de Carner (aquest pròleg i el de *Poesia*) hi ha una certa tendència a subratllar l'escepticisme de l'autor, la seva falta d'esperança cristiana. Però sempre per acabar dient que la postura és transitòria, com un lapsus que no s'ha de tenir en compte, perquè el que importa veritablement és la seva visió més esperançada del món i de les coses. El Carner més escèptic i distant quant a la fe en aquells anys postbèl·lics és el desencadenant d'aquesta observació de Manent. En la seva resposta, Carner fa notar «una sola cosa» i la comunica a l'editor en una breu carta, a correu seguit, un cop feta la lectura del pròleg:

Una sola cosa a notar com possiblement esmenable en el pròleg amistosíssim de Manent. Fa, al final, al·lusió al sonet que acabava el llibre *abans* que jo li enviés a V. els 3 poemes darrers

[«El lledoner i els verns», «Lamentació dels cedres del Líban» i «A un avet jove»]. Doncs bé, jo precisament desitjaria que la darrera composició del llibre fos «A un jove avet». No obstant, autoritzo Manent perquè triï entre: a) accedir al meu desig i modificar lleugerament la ratlla 2 de la pàg. 3 del seu text; o bé b) deixar com fi del llibre el sonet pessimista fent passar els altres al davant d'ell. Moltes gràcies per haver-me enviat el pròleg. Ja veu que el retorno tot seguit.

No sabem què deia «la ratlla 2 de la pàg. 3» del pròleg enviat per Cruzet a Brussel·les. En qualsevol cas, Manent, informat per l'editor, contesta tot seguit a Carner (18-VI-1953):

En Cruzet m'ha deixat llegir la vostra targeta relativa a l'estructura del llibre. Preferim deixar la que vós heu donat a l'original; el darrer poema serà, doncs, «A un avet jove». Jo faré en el pròleg la petita correcció necessària.

Feta la «petita correcció necessària», a la part final del pròleg, continuació exacta del paràgraf anterior, Manent continua impertorbable amb la seva idea de fixar els ulls en l'altra vida:

Més d'una vegada la poesia carneriana s'ha distingit per la pietat amb què redimeix l'aspecte sòrdid de les coses, coronant de bellesa allò que és tarat i defallent. No basta aquesta vida. Hi ha el jardí secret on es transfiguren les recances, on neixen els ocells que no hagueren vida en els nius malmenats d'aquest món i les alzines que no van poder sorgir de les glans corcades i estèrils. Hi ha *l'invisible riu per on | van al somrís de Déu les primaveres mortes*.

La cita final és d'«Acàcies, pomeres». Manent en fa una lectura cristiana estricta, però el poema, provinent de *La primavera al poblet* (1935), no té aquesta única clau de lectura, que és la més òbvia, la literal. Permet d'altres interpretacions. Com la que, partint de les referències religioses, terme i fi de la lectura de Manent, les considera dades culturals i construeix un sentit més ampli i universal del text. El *jardí secret* és un espai irreal, que cadascú imagina i pobla: de la bellesa fugaç i olorosa de les flors d'un dia, dels ocells no nats, de les glans de rebuig i de les recances de la circumstància íntima de cada lector.

LA FORMACIÓ DEL LLIBRE

Josep Carner va viure sobretot a Barcelona i a Brussel·les, però entre aquestes dues ciutats, que omplen les primeres i les últimes dècades de la seva vida, també va estar instal·lat un mínim d'un any i un màxim de sis a vuit altres ciutats: Gènova, San José, Le Havre, Hendaia, Madrid, Beirut, París, Ciutat de Mèxic. En aquest seu nomadisme, sobretot si tenim en compte els canvis continuats de domicili en una mateixa ciutat, el poeta procurava sempre plantar la tenda prop d'un parc o d'un jardí, com podem intuir per l'auró d'un dels domicilis brussel·lencs. No podia ser altrament en una persona que demostra tenir un coneixement tan profund i familiar dels arbres. L'arbre és tan essencial al poeta com el llibre. Observar-ne els cicles, observar la seva pacient i metòdica saviesa és una forma de llegir, és tan enriquidor com llegir. En un sonet de la col·lecció, «La companyia», un sonet publicat a *El veire encantat* (1933), el parlant proclama la seva patètica soledat:

> Com tirà decantat a sa ruïna,
> cada any que passa m'entotsolo més;
> la mort al peu de mon palau rondina;
> no em resten sinó quatre llagoters.

Però aquests quatre servidors ens reconforten, perquè algun lector empedreït hi reconeix els seus mateixos companys nocturns:

> I són el llum i el llibre i una rosa
> i un gran arbre més negre que la nit.

Anna Maria Carner, la filla del poeta, explicava en converses privades que més enllà de les ficcions literàries el seu pare sentia la necessitat de viure a prop d'arbres, que el món vegetal era, per a ell, indispensable. I deia que a Gènova vivien en una casa que van abandonar perquè davant mateix havien abatut un gran «pioppo» (i esmentava el pollanc encara amb el nom italià). Es tracta, naturalment, d'un record d'infantesa, difícil de contrastar, sobretot perquè el poeta solia canviar sovint de domicili (a Brussel·les, en vint-i-cinc anys, almenys cinc vegades), però precisament a causa d'aquests trasbalsos és més versemblant. No és rar que, en les cartes a amics íntims (sobretot a Jaume Bofill: Guerau de Liost), el poeta afegeixi un comentari sobre l'entorn arbori o vegetal, quan es muda de casa:

Hem canviat d'estatge: som en un pis nou, sobre uns jardins immensos, plens d'arbres venerables. Hem pogut llogar mobles bonics i així no haurem de tolerar les impureses dels pisos amoblats que havíem tingut fins ara. Una ràpida davallada de cinc minuts ens porta al cor de Gènova.

La carta és de juliol de 1922, quan feia un any i mig que la família havia arribat a Gènova i ja havia tastat «les impureses» no d'un, sinó «*dels* pisos» moblats. És probable que aquest estatge sigui el de Quarto dei Mille, on segur que el poeta va viure un temps i on devia escriure el poema sobre l'eucaliptus (*senyal del meu estatge*), i des d'on devia davallar amb cinc minuts al cor de Gènova amb *els tramviets curulls* que apareixen al text.

Arbres conté, com hem vist, un poema escrit cinquanta anys abans. Els arbres són, doncs, una presència habitual en els seus llibres, però fins a *El cor quiet* (1925) no trobem reunits, en una secció, onze poemes on «l'arbre dóna compte de la complexitat del món» (CABRÉ-ORTÍN 1985). Aquesta breu secció, Els arbres, es pot considerar el primer nucli orgànic de la futura col·lecció, al qual caldrà afegir tres poemets, que també s'hi incorporaran, procedents de «Cançons de llogarret», un grup d'una altra secció del mateix recull.

Aquests 14 poemes, sumats a 15 més no publicats en llibre, formen la meitat dels títols de la col·lecció: 29. S'hi haurien de sumar els 13 dels reculls més reculats (de *Primer llibre de sonets* a *L'oreig entre les canyes*), els 10 que aporten els dos llibres posteriors al nucli primer (*El veire encantat* i *La primavera al poblet*) i els 9 dels dos immediatament anteriors a *Arbres*: *Paliers* i *Llunyania*. Un total de 61 poemes que, ordenats per anys de publicació en llibre, ofereixen aquest esquema:

13 de 1905 a 1920 (de *Primer llibre de sonets* a *L'oreig entre les canyes*)
14 de 1925 (*El cor quiet*)
10 de 1933 i 1935 (*El veire encantat* i *La primavera al poblet*)
9 de 1950 i 1952 (*Paliers* i *Llunyania*)
15 de 1937 a 1953 (No publicats en llibre)
——
61 poemes

Amb un llibre tan fet d'altres llibres, tan fet de paisatges i d'arbres vistos al llarg de la peripècia biogràfica de l'autor, és natural que la idea de reunir els poemes vegetals en un nou recull fos anterior als anys cinquanta, quan va proposar el títol a l'editorial barcelonina. L'haver-lo situat entre les primeres opcions de publicació dóna a entendre que aleshores ja era un llibre més que esbossat força avançat, o acabat potser i posat en quarentena. El 1944, a Mèxic, *Lletres*, la revista d'Agustí Bartra, que comptava amb Carner entre els col·laboradors, dóna notícia de dos llibres nous del poeta. Al núm. 2 s'anuncia *La deu*, un títol no concretat en cap que ens sigui conegut. No és la primera vegada, com ja hem vist, que un anunci d'un llibre no es materialitza. També hauria pogut succeir amb el nou títol esmentat al número següent: «*Arbres*, poemes de Josep Carner», tot i que el text es va arribar a compondre i, impresos, els plecs es van migrar a la impremta esperant en va l'hora de ser cosits i convertits en llibre.[22]

22. La notícia apareix a continuació dels dinou aforismes carnerians: «De l'art de traduir». Després de l'últim text i de la firma de l'au-

Els arbres mexicans no van llevar. I amb tot, la seva història externa demostra que el projecte és el més antic dels tres llibres publicats a la postguerra abans de *Poesia*, i el més acaronat i meditat per part de l'autor. Fins al punt que la col·lecció vegetal indica el camí que segueix i seguirà la vasta revisió del seu patrimoni poètic. I també que el poemari «esdevé, sota aparença arbòria, un recorregut geogràfico-botànic, existencial i moral per la vida del poeta» (Martín 1992).

---

tor, un anunci editorial informa de la constitució del Club del Llibre Català, amb una «Llista d'obres» per publicar, la tercera de les quals és la de Carner. Uns anys després, Bartra, responsable de *Lletres*, escriu a Brussel·les (és la mateixa carta que he citat a la nota 19, datada el 20-VI-46) i lamenta que *Arbres* no s'hagi publicat. Per ell sabem que el poeta havia corregit compaginades del recull abans de deixar Mèxic el juliol de 1945: «És una llàstima que en Miquel Ferrer sigui tan lent i que el vostre llibre *Arbres* no figuri al stand del llibre català de la fira d'enguany, pròxima a clausurar-se. Recordo que a primeries de l'any passat ja corregíeu les proves de pàgina del vostre llibre» [Ortín 1998]. Miquel Ferrer, polític i editor, és el dedicatari (*A l'amic M. Ferrer*) de l'últim poema de l'últim llibre de Carner: «El més vell del poble» d'*El tomb de l'any* (1966). Les cartes de Ferrer al poeta, escrites al llarg de vint anys des de Mèxic (27-IX-45 a 1-X-64), es conserven al Fons Josep Carner de la Biblioteca de Catalunya i versen essencialment sobre política. Però s'hi copsen breus referències al llibre: «*Arbres* està imprès. Només manca que Tísner disposi d'unes hores per a colorir el dibuix de Camps-Rivera» (27-IX-45). O bé: «Nicolau d'Olwer em va dir que volieu fer unes correccions o afegits al llibre *Arbres*, esperava que em dirieu de què es tracta. Els plecs impresos s'estan empolsant i rebregant i si triguem gaire més a enllestir-lo l'haurem d'imprimir de nou. Tinc l'original de Roure-Torrent però no el puc lliurar a la impremta mentre hi hagi el vostre per sortir» (5-VII-46). I dos anys després, quan ja devien haver decidit d'aturar l'edició, Carner demana a Ferrer un versos dels quals no devia tenir còpia per, potser, incloure'ls a *Paliers*: «Dilluns o dimarts espero poder anar a la impremta on hi ha *Arbres* per a recollir els versos que demaneu. Això em donarà motiu per a escriure[-us]» (1-V-48). I finalment, Ferrer li agraeix la tramesa del llibre barceloní, tot fent una darrera al·lusió al projecte primitiu: «Us agraeixo moltíssim l'exemplar d'*Arbres*. Ja el vam enviar a comprar a Barcelona [...]. Però l'exemplar vostre, o fet enviar per vós, el guardarem, i regalarem el nostre a alguna persona interessada en les vostres coses, que prou sabeu que no són poques, a desgrat de no haver pugut fer la nostra edició del Club» (3-III-54). El cas és, doncs, que la via mexicana d'*Arbres* no va fructificar.

Si superposéssim el periple vital de Carner amb les notícies, externes o internes, que podem inferir dels textos, veuríem que ens parla dels arbres que el van acompanyar en llocs propers o remots on va viure, arbres que poblen llocs de la seva biografia. Explorant aquesta via, un poema sobre un pollanc, sense cap altra indicació, pot donar una informació més aviat magra, però si el títol és «Els pollancs de França», vol dir que l'autor es refereix a arbres vistos en aquell país. Algú que conegui per sobre la biografia del poeta podria pensar que el poema va ser escrit els anys que va exercir de cònsol a Le Havre (1927-1931), la ciutat atlàntica. Una hipòtesi que s'esfumaria en saber que el text procedeix d'un llibre anterior: *El cor quiet* (1925). I és que «Els pollancs de França» forma part del grup de poesies escrites durant el viatge a Anglaterra del 1913 i on Carner va seguir un recorregut confirmat pel lloc i la data dels poemes que escrivia i que anaven apareixent a *La Veu de Catalunya*.[23]

En el llibre abunden composicions que reporten la data aproximada d'escriptura i que descriuen el paisatge o l'arbre d'un lloc concret. A l'altre extrem dels anys de producció dels poemes del llibre (1904-1953) se situa un text que ens parla de l'arribada de la tardor per mitjà d'un desmai que perd cabells, d'un núvol que s'alça damunt la vall i de quatre vespes abaltides. Està datat a Spa (vegeu la nota següent), una ciutat de vacances propera a Lieja, el setembre de 1950:

DESMAI

L'arbre més dolç en cada primavera,
únic que besa el front del pensatiu,
el desmai de mil plomes, deixa caure
fines llàgrimes blanques en el riu.

23. Per a tot el que fa referència al viatge a Anglaterra, materialitzat després en el llibre següent de l'autor, vegeu la introducció a l'edició de *La paraula en el vent* (COLL 1998).

Tot s'ha acabat, l'amor i les trescades.
Un núvol de rodones aflonjades
s'alça damunt del sot.
Quatre vespes, feixugues, s'arrosseguen
damunt la mel, ja tota minsa al pot.

El poema desplega aquesta subtil relació que el poeta sol establir entre la natura objectiva i el parlant. La natura ara ens avisa de l'arribada de la tardor i ho manifesta amb un desmai que deixa anar *fines llàgrimes*, una acció figurada més pròpia del parlant, que plany l'acabament d'alguna cosa, íntima i personal, descoratjadora com el núvol que s'alça amenaçador i les vespes que no poden dir ni bufa.

Carner va enviar el poema a Armand Obiols (14-IX-1950), el qual després, i a propòsit, li escriu:[24]

Els vostres versos ens van plaure molt [a ell i a Mercè Rodoreda]. Aquesta facilitat sobirana ens hauria de fer desistir a tots els qui, amb penes i treballs, aconseguim només de dir dues o tres banalitats amb estil difícil (16-X-1950).

Cada poema, doncs, sol ser escrit, i alguns es poden datar, durant o poc després del pas del poeta per un lloc especificat en el text (de forma concreta o al·lusiva) o precisat en un document extern: epistolari, publicació del poema a la premsa.

24. Carner va enviar «Desmai» a algun altre corresponsal, poc després d'haver-lo escrit: si més no als Manent, en una carta no datada (però «*ca.* fi 1950»: Subirana 2002). En el testimoni de la carta a Obiols no té títol i conté una variant interessant al segon vers, que fa pensar que la forma és anterior: *i l'únic que afalaga el front del pensatiu*. En la de Manent, no presenta aquesta variant i sí que té títol: «Tardor», el mateix que a *Llunyania*, on coneix la seva primera aparició en llibre. «Desmai» va pendre, més tard, el títol d'«Arbre i núvol», en haver estat provisionalment inclòs a Llunari (vegeu l'aparat de l'Apèndix 2). D'altra banda, les cartes d'Obiols a Carner es conserven, com totes les altres citades de les quals el poeta en va ser receptor, al Fons Josep Carner de la Biblioteca de Catalunya. Mentre que les de Carner a Obiols es conserven a l'Arxiu de la Fundació Mercè Rodoreda a l'Institut d'Estudis Catalans.

El conjunt del poemari es pot segmentar en tres etapes de producció, que coincideixen amb tres etapes ben definides de la seva biografia personal i poètica (vegeu la relació completa dels poemes que les conformen a l'Apèndix 4).

De 1904 a 1921 (25 poemes)

Són poemes escrits a Catalunya entre aquestes dues dates, abans d'iniciar el periple professional que havia de dur el poeta a residir habitualment fora del país. Són publicats en el mateix segment temporal o poc més endavant. Hi apareixen arbres dels nostres boscos i ciutats. L'únic poema «forà», datat, com hem vist, el 1913, és «Els pollancs de França». Un exemple d'aquesta etapa primera pot ser «Garrofers trencats», procedent del grup de poemes tarragonins del *Segon llibre de sonets*. O «Els ametllers de Sarrià», ja esmentat, de 1920, tot i ser publicat en llibre en l'etapa posterior.

La característica dels poemes d'aquests anys no és la reflexió que suscita l'arbre (parlar de la natura humana), sinó que és l'estampa lírica: la descripció dels sis ametllers que habiten Sarrià, el garrofer tarragoní, el verger florit. Són aiguaforts gravats per una mà segura, que ha obert els solcs en el metall per oferir una imatge suggestiva, plàstica, sorprenent, sovint humanitzada:

CADA U AL SEU ESTIL

Aquest presseguer florit,
aclofat, massa guarnit,
hores mata contemplant-se.
Menys badoc el cirerer,
alt, empolsat i lleuger,
no pensa sinó en la dansa.

De 1921 a 1938 (13 poemes)

Després vénen els poemes escrits durant el periple diplomàtic: que comprèn presències d'arbres de les ciutats o països on va residir: «L'eucaliptus de Quarto dei Mille», l'exemplar que veia des de casa en aquest poblet de la Ligúria, tocant a la capital (de fet annexionat a la capital), quan era vicecònsol a Gènova. O «Els cocoters de Macuto», coneguts a la costa veneçolana, davant del mar impressionant de les Antilles, al nord de Caracas, durant el temps del consolat a San José de Costa Rica.

Ara, en aquesta etapa, sense que s'esgoti del tot l'estampa característica de l'etapa anterior («Om florit», etc.), s'imposa allò que en l'altre s'havia insinuat únicament en algun poema «tardà», com «La fulla», on l'analogia central del llibre, parlar de les persones per mitjà del món vegetal, ateny, en l'última estrofa, la cota dramàtica més alta:[25]

Quin greu d'haver-te desatesa,
oh fulla, dins la feredat!
Que no em castigui l'escomesa
d'un record teu enverinat
en l'últim freu de la tristesa
quan seré jo fulla malmesa
en l'hora sense pietat!

De 1939 a 1953 (23 poemes)

Abraça els anys mexicans i els anys belgues, els anys en què l'autor projecta i materialitza el llibre. S'han d'atribuir als anys mexicans (1939-1945) «Carrer de desmais» (*Vaig pel carrer d'una ciutat criolla*) i «Xicranda de Mèxic». I també «Xicrandes fullades», on sota el signe de la ironia afloren tres històries breus d'una perfecta adeqüació amb l'arbre del títol. «La figuera de Passy» ja és dels anys belgues (1945-1953) i va ser escrit el 1949, en record d'una de les escapades del poeta a la capital francesa.

Els poemes d'aquests anys continuen la tendència de parlar de l'home per mitjà de l'arbre, que esdevé camp de reflexió i model de conducta. I també s'incrementen

25. És un poema que l'autor esmenta en l'enquesta «Les meves tres millors poesies» de la *Revista de Catalunya* 61 (IX-1930) [NARDI i PELEGRÍ 1986]. De fet, el poeta, més que no pas expressar-ho en termes de millors poesies, el que diu és: «Penso que em fóra lícit d'escriure a llur marge: *Encara*». Els altres poemes són «La més perfecta» i «El diumenge del senyor Quim».

les composicions que, com la més antiga de totes, «L'arbre de l'Esperança», són metàfora, símbol, representació de la natura humana. Com les que he esmentat al capítol anterior: «Arbre encartellat», «L'arbre de la nit», «La dona arbre» i «Arbre primer».

El final d'aquesta tercera etapa coincideix amb els anys de més intens treball dedicats a la revisió de poemes, lectura final per a la majoria de títols. El procés culmina el 1957 a *Poesia*, on Arbres formarà la setena de les tretze seccions del llibre.

DEL LLIBRE A LA SECCIÓ HOMÒNIMA

Si algú ha sumat el nombre de poemes de cada etapa de producció, s'haurà adonat que el resultat no és 60, el total del llibre *Arbres* (1953), sinó 61, el total de la secció Arbres del volum *Poesia* (1957).

Convé, però, posar el lector sobre avís de la conveniència de dotar d'un número d'ordre tots els poemes de Carner en totes les seves formes. És l'única manera de poder-s'hi referir amb seguretat i comoditat. Els poemes del llibre *Arbres*, com els de qualsevol altre llibre, es numeren de cap a cap: Arb 1 a Arb 60. Els de la secció formen part d'un conjunt molt més ampli i els números que els pertoquen en l'ordre general són més alts: P 517 a P 577 (d'ara endavant, l'esment del poema s'acompanya del número d'ordre a *Poesia*, que també figura com a primera informació als aparats de l'edició).

Per als *addetti ai lavori* (el poeta, l'editorial, els lectors d'elecció) *Arbres* era un tast de *Poesia*, una bestreta del llibre major. I com sol passar sempre que Carner té temps de rellegir un seu poema, el pas del llibre a la secció homònima no es va pas produir sense remor, però, bé, no tots els poemes van sofrir canvis en passar-hi. La proximitat del testimoni anterior explica que hi hagi una tercera part de textos invariats (21), una tercera part (22) amb una sola discrepància substancial, i una altra tercera part (18) amb més d'una variant per poema. Ara, deixant de banda els canvis que afecten individualment cada peça (més avall ja m'ocuparé de la tipologia d'aquestes variants), hauríem d'examinar tres canvis estructurals que s'observen a la secció. De menor a major, són aquests:

1.— Dues interversions: a *Arbres*, «L'olivera i l'ase» (524) precedeix «La figuera» (523) i, «Arbre en hivern» (546), «La figuera de Passy» (545).[26]

2.— Una substitució: «Indicis», un dels tres poemes de la primera ampliació d'*Arbres*, passa a una altra secció de *Poesia* (Llunari) i és substituït per «L'arç i la primavera» (572), procedent de *La primavera al poblet*.[27]

Si llegim «Indicis», ens semblarà encertat el pas a una secció, Llunari, que ressegueix el pas del temps. El poema no presenta variants a cap de les formes conegudes: *Llunyania*, *Arbres*, *Poesia*, llevat de la coma del primer vers, absent del llibre major:

INDICIS

El sol escalfa una mica,
ell, que era un feble caliu.

Una volva s'extasia,
la primera cuca viu.

26. No hi ha en aparença cap raó objectiva que pugui justificar aquestes dues interversions. Es pot pensar que en la segona l'ordre estacional ha aconsellat el canvi. Res que es pugui defensar amb solidesa. ¿Es deu a l'autor o és un caprici de l'atzar? És, en tot cas, poc important.

27. Carner es va adonar que havia incorporat el poema a Llunari, on es mantidrà, i omple el buit d'Arbres incorporant-hi el poema esmentat. Ho comunica a Miracle (VII-57): «En Arbres, que rebreu en una ben pròxima tramesa, veig un poema, "Indicis", ja aparegut en el Llunari, on convindrà que resti. Us incloc ací un poema per reemplaçar-lo en la sèrie Arbres». No és l'únic text del llibre major afectat per un problema semblant. Un altre poema d'Arbres també va passar a formar part d'una altra secció, Lloc, però aquest cop sense que l'autor ni els editors se n'adonessin. En un bosc de 896 poemes, aquest text era més difícil de detectar que l'anterior, perquè el títol i la primera paraula del primer vers havien canviat i l'índex de títols i de primers versos servien de ben poc.

Gelada d'ahir, regala
al grumoll que era captiu.

I en l'arbre sense cap fulla,
tot rebuig i cicatriu,

ratlles i nusos bateguen
amb forta fe de l'estiu.

3.— Una instauració: «Conversa» (577), procedent també de *Llunyania*, el poema que Carner havia enviat, tard, per completar *Arbres* i que no hi va poder ser inclòs, ara tanca la secció situat a continuació del poema que tancava el llibre: «A un avet jove» (576).[28]

Aquests canvis estructurals es poden visualitzar en el següent quadre:

	Arbres (1953)	*Poesia* (1957): Arbres
Primera tramesa (14-VII-52) 1-54		
Epigrama a Emília - El pi	1-6	517-522
L'olivera i l'ase	7	524
La figuera	8	523
Cada cosa... - Arbres a la tardor	9-28	525-544
Arbre en hivern	29	546
La figuera de Passy	30	545
Els nostres pins - Sota del faig	31-53	547-569
A un auró	54	570

28. L'última revisió en bloc de la secció la coneixem per la carta a Miracle, citada a la nota anterior, de juliol de 1957: «En Arbres, que rebreu en una bcn pròxima tramesa...». Carner ja havia donat ordres de situar el poema a la secció. Però si no s'hagués fet, o s'hagués fet de manera inadequada, aquesta va ser l'última oportunitat per revisar tot el que el que ja estava a punt de ser imprès. Més endavant el poeta demana a Miracle: «¿Podria veure proves definitives, ultimíssimes de Llunari i d'Arbres?» (24-X-1957). Finalment hi va renunciar. El llibre ja s'estava imprimint i la nova lectura hauria suposat un trasbals que va voler estalviar a l'editorial: «No envieu pas les proves de Llunari i Arbres!» (XI-1957), decisió que Miracle agraeix: «Us estic molt reconegut d'haver-me facilitat la tasca renunciant a veure en bloc el Llunari i els Arbres» (7-XI-1957).

Segona tramesa (15-II-53) 55-57			
La dona arbre	55	571	
Indicis	56	572	L'arç i la primavera
Arbre primer	57	573	
Tercera tramesa (29-V-53) 58-60			
El lledoner i els verns	58	574	
Lamentació dels cedres del Líban	59	575	
A un avet jove	60	576	
Última tramesa (4-VIII-53)			
no inclòs a *Arbres*:		577	Conversa

Feta la col·lació entre les dues formes (1953 i 1957), la conclusió és que, a la segona, l'autor, ultra modificar lleument la lliçó de dues terceres parts de poemes (variants substancials, variants formals), introdueix algun canvi en l'estructura del recull. Tot plegat mena a concloure que, a l'hora de decidir un text base, és preferible adoptar la segona forma, autorial, més meditada. Per dir-ho en els termes habituals i entenedors del comerç de llibres, no sempre d'acord amb els principis de l'ecdòtica, la secció Arbres de *Poesia* és una segona edició del llibre corregida i augmentada per l'autor.

L'ESTRUCTURA

Arbres s'obre amb un poema-dedicatòria (517), on el parlant, que identifiquem amb el mateix poeta, meravellat pels arbres trobats en el camí de la vida, declara que els ha epigrafiat l'escorça amb les lletres E (per Emília, la seva muller) i J (per Josep), com un adolescent enamorat, però a la manera també de tradicions literàries com la llatina: a la desena bucòlica de Virgili, Gal·lus decideix infligir aquesta mena d'estigma als arbres.[29]

29. El poeta elegíac Gal·lus pren la paraula per expressar el dolor que li causa l'amor, no correspost, per Licoris. I en el seu lament, diu: «I bé, ja està: a les forests, enmig dels covals de les feres, m'estimo més

EPIGRAMA A EMÍLIA

En arbres que em parlaren en plana o en pujol,
tendres o vells, de soques balmades o bé llises,
deixí, per a l'enveja del vianant tot sol,
una E i una J incises.

En aquest poema, *per a l'enveja del vianant tot sol*, les dues incisions simbòliques i enjogassades són penyora de la paraula poètica escrita per al vianant solitari que ara mateix es disposa a llegir el llibre.

Si aquesta és la funció del primer poema, ben cossat per una doble tradició, culta i popular, el veritable començament de la col·lecció el reconeixem en el següent, que reprèn el títol general del poemari, «Arbres» (518). Es desplega la capacitat mimètica de la planta i se'n recull la saviesa secular, model per als humans:

Voldria ta ciència,
arbre, per al meu cor,
tu que en el temps geliu ets paciència
i en dia ardent aboques un tresor.

El text és escrit el 1938, si més no imprès aquest any a la *Revista de Catalunya* (IX-1938), dos mesos abans que la publicació oferís en prímicia un cant del no nat *Jonàs*. El poema té ressons nabinians, respira aquell moment d'intensa concentració i d'alta consecució poètica. En una de les estrofes finals, trobem una referència als Evangelis, al cec guarit per Jesús (Marc 8,24):

---

patir i gravar els meus amors en els arbres tendres; creixeran els arbres: creixereu amb ells, oh els meus amors» (*certum est in siluis inter spelaea ferarum* | *malle pati tenerisque meos incidere amores* | *arboribus: crescent illae, crescetis amores*). Carner esmenta l'acció d'epigrafiar amb el participi del verb que utilitza l'autor llatí (*incidere*) i parla també de la tendror dels arbres [cito el text de l'ed. Dolç, vegeu VIRGILI]. Jordi Cornudella m'informa que altres elegíacs traslladen a les seves obres aquesta tradició: Properci (*Elegies* I.18.21-22) confessa haver escrit molts cops el nom de Cíntia a l'escorça dels faigs i dels pins.

El cec va alçar els ulls i deia: —Distingeixo les persones: les veig com si fossin arbres, però caminen.

que, en la paràfrasi carneriana, passa a ser:

> i aquell tornat de tenebror s'esfereïa
> en descobrint els vianants en el matí.
> —Veig arbres que caminen —agenollat va dir.

I seguidament, el poeta estableix una analogia entre els arbres i la mena d'arbres que són els homes:

> Uns arbres amb follia que corre i poc s'acaba;
> arbres que mena a vagareig,
> en lloc del pur misteri de la saba,
> la sang en sotragueig.

Si anem a l'altre cap de la col·lecció, podrem recordar que el poeta ha anat substituint el poema que havia d'ocupar la posició final. Primer, el text triat era «A un auró» (570), amb un final vibrant d'acabament de llibre. Recordem-ho:

> Oh noble amic sobre lilàs i hortènsies!
> Si algú troba el meu nom, temps a venir,
> que no retreguin una tasca incerta,
> sinó el teu cor veí.

Potser no és casualitat que, als dos extrems del poemari, apareguessin aquests dos hexasíl·labs, l'un referit al cor del parlant (*Voldria ta ciència, | arbre, per al meu cor*) i l'altre, al cor de l'arbre (*sinó el teu cor veí*): el cor humà i el cor vegetal, el diàleg essencial del llibre.

Després, la primera ampliació, feta ja amb el llibre a la impremta, porta a la posició de tancament «Arbre primer» (573), el «sonet pessimista», com hem vist que el poeta el qualificava: l'arbre que no ho és, el gran tendal impenetrable que ens abriga, l'enigmàtic abís del nostre destí.

Una segona ampliació situa al final «A un avet jove» (576), un avet geogràficament situat al Mont Cenís, als

Alps, a la frontera francoitaliana, abans d'entrar a la piemontesa Val de Susa. L'avet del poema lluita per créixer i fer-se fort: *Tu sol ton poble i ton país*, és un símbol de la nova pàtria renaixent, de la seva independèncial moral, una esperança per als ulls desconhortats del parlant, que se n'ha anat allunyant i que ara el veu (la veu) *com si la boira t'esvaís*. Aquest és el sentit del poema final d'*Arbres*.

I quan semblava que, a la secció de *Poesia*, es mantindria aquest poema al final (perquè així ho havia deixat escrit l'autor en el moment d'enviar-lo), resulta que el text que no va arribar a temps s'erigeix en l'última estació del recorregut: «Conversa», i no «Diàleg» com en un principi (potser per la presència a l'última secció del llibre major d'un poema amb aquest títol). És un diàleg entre xiprer i pollanc, dos arbres caracteritzats de manera versemblant i entenedora per a tot lector. Encarnen dues maneres d'entendre la vida i el tombant inevitable del després. El nouvingut és potser el poema més dotat per ocupar aquesta posició final, que el poeta vigila tan de prop en els seus llibres, és potser el més coherent amb aquell inici en el qual el parlant reclama per a ell (per als humans) la saviesa de l'arbre. Ara, d'una manera explícita i diàfana, el xiprer, *enterc com una fita*, reclama la fi de la infelicitat, és a dir, de la vida:

> Jo i la mort fem una crida:
> «Prou vivents i prou dissort».

I el pollanc, *aire i goig en cada fulla*, respon:

> Si finéssim jo i la vida
> finaria fins la mort.

Si als dos caps de la col·lecció els poemes presenten una coherència remarcable (i en qualsevol de les quatre formes finals que ha conegut), la seqüència interior no resisteix cap lectura que ens faci veure que el poeta hagi meditat la posició que ocupa cada poema. És natural, d'altra banda, en un llibre fet d'altres llibres. Hi ha certament seqüències de sentit entre poemes contigus: després d'«Arbres» (518), trobem les estampes sarrianenques: «Els ametllers de Sarrià» (519), que ens situen al gener. Aquesta circumstància ens podria fer pensar en una certa disposició dels poemes seguint el pas de l'any, com en algunes seccions de *Poesia*. Però no. Els cinc poemes següents (520-524) són tots ells sonets: els relaciona aquesta característica i la de procedir de llibres de la primera etapa de creació dels textos. Els vuit que vénen a continuació (525-532) formen un grup caracteritzat per ser arbres fruiters en flor, són un verger florit. El següent encara reprèn la florissalla de la primavera incipient, «Acàcies, pomeres» (533), però «La fulla» (534) ens mena a la tardor avançada. Per retornar tot seguit a la primavera (535).

Els poemes tampoc no estan disposats segons la seva antiguitat, primer els vells revisats i després els nous, tot i que aquesta és una tendència del poemari: els més antics se situen sobretot a la primera part del recull i els més recents a la segona, però n'hi ha més d'un que desfà aquest encís. En conclusió, no hi ha una seqüència estudiada, en la qual cada poema hagi de ser llegit a continuació d'un altre. Com és habitual en l'obra del poeta (vegeu, per exemple, *La paraula en el vent*: Coll 1998), l'estructura seqüencial dels poemes, l'organització del llibre, se sol articular per mitjà d'un poema inicial, que invita a la lectura, i un poema final, fruit o no de l'atzar, que tanca la col·lecció.[30] Carner no és la mena de poeta que pensi el seu llibre per ser llegit de cap a cap en una precisa ordenació de cadascuna de les peces.

30. En aquest sentit, i referit també a *Poesia*, vegeu la posició dels poemes inicial i final a la secció de poesia amorosa, Ofrena, a Coll 1992, i la de la secció següent, Llunari, a Martín 1992.

La sola possibilitat de poder decidir entre dues formes d'una mateixa col·lecció, el llibre de 1953 i la secció de 1957, a l'hora d'editar el conjunt de poemes, ja ens indica un camp d'estudi fecund de la filologia d'autor en l'obra de Carner: la crítica de les variants (segons la proposta continiana, que valora les consecucions de l'autor des de la perspectiva del text final) o la crítica genètica (d'acord amb la terminologia dels estudiosos francesos, que prioritzen l'estudi del procés d'elaboració del text).[31]

Carner no fa sinó exercir el dret que té qualsevol autor de revisar la seva obra. I no cal dir que la parafernàlia muntada a l'entorn dels lectors d'elecció és veritablement curiosa i innecessària. El que compta al cap i a la fi és el talent i el sentit comú del poeta. Com més temps passa, més esplendorós es mostra el resultat de la revisió (i més ens allarga la distància respecte als primers llibres). L'operació autocrítica permet parlar de dues edats en la seva poesia, un concepte que ell mateix utilitza al pròleg de *Llunyania* reportat més amunt. Carner s'hi refereix en l'accepció més primària de les edats, al simple contrast de reunir en un llibre un poema escrit el 1904 i un altre el 1952. Però aquest contrast es pot observar sobretot en el mateix poema antic i ara reescrit. Abans citava «L'arbre de l'Esperança» (521), escrit a primers de segle i reescrit cinquanta anys després per a *Arbres*. La primera forma expressa coses que la revisió ha modifi-

31. En el cas italià, almenys voldria citar l'estudi fundador de la crítica de les variants o variantística, aquest camp d'estudi que participa de l'ecdòtica i de l'hermenèutica: Gianfranco Contini, «Come lavorava l'Ariosto» [1937], recollit a Id., *Esercizî di lettura. Sopra autori contemporanei con un'appendice su testi no contemporanei*. Torí: Einaudi, 1974. Sobre la crítica genètica caldria esmentar, a banda del nom de l'introductor, als anys setanta, d'aquesta mena d'estudis a França, Louis Hay, la breu síntesi històrica de Pierre-Marc de Biasi, *La génétique des textes*. París: Nathan, 2000 o un manual com el d'Almuth Grésillon, *Eléments de critique génétique. Lire les manuscrits modernes*. París: Puf, 1994. Vegeu Coll i Oliva 1986, especialment l'edició estereoscòpica del poema «Immunitat» (P 248), el primer de la secció Ofrena.

cat. I aquestes dues edats contingudes a la peça es fan extensives a molts altres textos: la comparació de les lliçons, de vegades és poc sorollosa (sense modificar metre ni rima) però molt efectiva. A «Flora urbana» (537), en el cant dedicat a l'acàcia, llegim, en la primera forma del poema:

fou enmig de ton verd, espès i viu,
on em vaig adonar del primer niu.

I a *Arbres*:

fou enmig de ton verd, *al sol d'estiu,*
que em féu goig i temença el primer niu.

El primer text ens informa d'un fet, el segon té la virtut afegida d'expressar el contrast d'alegria i preocupació que causa en el parlant l'espera del primer fill.[32]

Es poden observar més modalitats de les dues edats, fruit de les operacions de l'autor, que pot eliminar o instaurar versos dins d'un mateix poema.

«Flora urbana» ens servirà encara d'exemple. Es va presentar al Certamen Literari d'Olot el 1917, on va obtenir la Flor Natural. En aquesta primera forma coneguda, tenia quatre cants, dedicats cadascun a un arbre: baladre, palmera, pinet rodó, acàcia. Els mateixos cants i arbres que van passar a formar part, l'any següent, de *Bella terra bella gent* (1918) i més tard de la segona edició del llibre (1936). Aquestes tres formes primitives constitueixen el primer estadi del poema. Quan «Flora urba-

32. Aquest mateix moment, copsat *al sol d'estiu*, Carner l'expressa a «L'estiu fecund al jardinet» (P 79), un poema incorporat a *Poesia* i que, escrit a la mateixa època de «Flora urbana», també procedeix de *Bella terra, bella gent* (1918): *Si el dia és ardent i ens veda, | terrífic, de caminar, | aquesta acàcia fa | un so d'enagos de seda.* [...] *I fixa el callat magí | en cosa oculta i divina: | en el càntir de la mina | o l'infant a dintre el si*. És probable, si no evident (tan evident com poèticament irrellevant), que, a la caseta de Sarrià on va néixer Anna Maria Carner de Ossa, la primera filla del poeta, el 15 d'octubre de 1916, hi havia una acàcia.

na» torna a emergir a ulls del lector, a *Arbres*, hi descobrim un nouvingut: el plàtan (*per on dringa la llum en cascavells*), l'arbre característic de la rambla. I per mitjà d'aquest nou cant instauratiu, inserit al bell mig del poema, el poeta expressa l'aventura de la ciutat, des de la Renaixença fins al temps de la seva joventut. És exemple, al si d'una vella composició revisada, d'una segona edat del poema, on l'autor recorda els anhels més sentits pels escriptors de la seva generació:

> I, mentrestant, sentíeu la conversa
> dels qui volien, contra un fat esquerp,
> polida la ciutat com una lira,
> en goig de nova majestat el verb.

I als versos següents trobem un d'aquests moments, no rars en poemes d'exili incorporats a *Poesia*, en què el poeta confiava en la poca capacitat cognoscitiva del censor franquista:

> I, posat que tornéssim a fretura,
> l'afany destriaríeu que innomenable dura
> en la veu baixa i el reüll.
> Nosaltres i vosaltres, en una ardent espera,
> descomptaríem una remor tota lleugera:
> la sort que gira full.

PAUTES DE LECTURA: LA FIGUERA DEL NORD

Poc abans o poc després d'haver inserit aquest cant a «Flora urbana», el poeta escriu «La figuera de Passy» (545), una postal fantàstica d'una estada a París la primera setmana de setembre de 1949. El text, escrit en passat, de retorn a Brussel·les, ens situa en una caseta del Sarrià parisenc:

> Abans no partissin d'allí,
> la clau van dar-nos, per set dies,
> de llur caseta de Passy,

propera a la torre, propera al riu, *en un carrer que fa pendent*, la casa té un freixe de cara a nord i una figuera al sol batent, un sol nòrdic, però, poc constant i poc ardent, que dóna un fruit aigualit, esllanguit:

> No pas lluny de la torre Eiffel,
> el fruit del verger d'Israel
> de fins llanguiments s'encomana:
> poc té la sentor catalana
> ni tant de color ni de mel.

És ara que el poema s'ha fet incisiu. En un escenari culturalment interessant, el poeta ens parla de l'enyor per les petites coses perdudes sense remissió: el color, el perfum, la dolçor de la fruita, miracle del sol. A continuació, una referència musical sorprenent, adequadíssima, contribueix a explicar les característiques del fruit de nord:

> És fill d'aquest sol sens verí
> i un enaiguament Debussy.
> En férem, però, bella estrena
> un dia feixuc, a Passy,
> a quatre gambades del Sena.

L'autor ens traslláda, amb humilitat, una gran lliçó d'acceptació de la realitat: aquell fruit, fill d'un sol massa feble i d'una terra enaiguada, sense mel, lànguid, dessaborit, acontenta el parlant: *en férem, però, bella estrena*. El poema, organitzat en cinc quintets octosil·làbics, sense rebles, troba per a aquests cinc noms, de lloc o de persona (*Eiffel, Israel, Passy, Debussy, Sena*), una rima substantiva que s'hi aparella amb naturalitat: *mel, verí, estrena*. El primer títol conegut del text, «Les figues de Passy» (1949), va ser adaptat al nom de la col·lecció: d'arbres i no de fruits.[33] Però el títol era enraonat, perquè és per mitjà del

33. El poema es pot aproximadament datar entre la segona setmana de setembre i la primera d'octubre de 1949, a partir de tres cartes adreçades pel poeta a Armand Obiols: el dissabte 3 de setembre de 1949, una carta de Carner a Obiols, que estava enllitat, ens informa que

fruit que el poeta reflecteix amb una solvència extraordinària (*dir molt en un mig dir, seria mon afany*: «El noble do» P 639) la seva condició de persona que viu lluny de la terra natal, absència que Carner convertirà en tema central de la seva poesia a partir dels anys quaranta.

EL SONET DE LA FIGUERA MEDITERRÀNIA

La postal de Passy no és, doncs, una estampa en el sentit que he atribuït a aquest terme. Sí que ho és, en canvi, la poesia de l'altra figuera del recull, un sonet, una composició que senyoreja la col·lecció amb quinze peces: una quarta part de les poesies del conjunt. Aquesta forma poètica és «la más genuinamente artística, por su estructura, por su tono, por su equilibrio, por su exigencia, por esa su condensación que invita a la intensidad». El text és de Carner i pertany a «Nobleza del soneto», un treball publicat el 1941 en una revista universitària mexicana.[34]

Els sonets d'Arbres estan escrits en versos de sis síl·labes (1), de set (2), de deu (11) i de dotze (1). En vuit casos de decasíl·lab, la distribució accentual combina els accents màxims a la quarta i la sisena síl·labes. No deixa de ser curiós que els altres tres, que apareixen seguits (522-524), observin un model de vers diferent, amb accents a la primera, quarta i setena (i desena, esclar): un decasíl·lab amb una tònica inicial i un triple ritme ternari. És el mo-

---

el poeta és a París: «Sé que esteu empiocat [...]. Hem vingut ací, certament, per pocs dies [si hem de fer cas del poema: *la clau van dar-nos per set dies*]; el viatge ha estat decidit bastant sobtadament». Una nota escrita a correcuita el dia 9 ens informa que el poeta encara és a París. Se'n desprèn que està a punt d'empendre el viatge de retorn: «solament mancarà [...]», etc. El document següent i final és datat el 8 d'octubre, Carner escriu a Obiols ja des de Brussel·les: «En prova de bona recordança, us incloc un feble acudit poètic». I en un full solt apareixen «Les figues de Passy», fruit que, després, passa a ser arbre per coherència amb la col·lecció i no per evitar la semblança amb el fruit saborós «Les figues matinals».

34. Josep Carner «Nobleza del soneto» a *Filosofía y Letras*, II, 4 (Ciutat de Mèxic, X-XII 1941), recollit a Manent 1985.

del que en la mètrica espanyola s'anomena de gaita gallega i que nosaltres reconeixem en alguna cançó popular:

Què li darem a n'el noi de la mare

Els tres sonets que segueixen aquest esquema són dedicats a tres arbres mediterranis: «El pi» (522), «La figuera» (523), «L'olivera» (524), tots ells escrits un mateix any (1914), tots tres procedents d'un mateix llibre, amb un estrofisme idèntic i amb un historial genètic calcat.

Ens centrarem en «La figuera», transmès per cinc formes distribuïdes en dos estadis redaccionals. El primer, està constituït per tres formes: *La Veu de Catalunya* (1914), *Bella terra bella gent* (1918), *Bella terra bella gent* (1936). El segon, per les dues formes impreses a *Arbres* (1953) i Arbres (1957). Les variants que presenta el poema entre les formes d'un mateix estadi són poques i poc importants (entre la primera i la segona només hi ha el canvi: *l'estiu* per *l'istiu*). En canvi, les que hi ha entre els dos estadis són moltes i molt profundes sense deixar de ser sonet. Val la pena potser de presentar-los acarats: el primer, representat per la forma de 1914, i el segon, per la de 1957. Un exercici com aquest, de comparació de lliçons, demostra, de nou i encara, el gran salt qualitatiu que representa la revisió efectuada els anys cinquanta. En aquest cas de manera dràstica. Ens adonarem que, sense desvirtuar el sentit de «l'emoció primera», el segon estadi manté ben poques coses dempeus del primer: les rimes dels dos quartets (*any* i *ila*) i poca cosa més. Fet i fet, l'únic vers del tot immune a la revisió és el quart, i es troba sota la influència de la rima en *any*.

Escrit en la primera etapa d'elaboració dels textos del llibre (1904-1920), «La figuera» és un poema estampa, on ressonen ecos del Vell i del Nou Testament. Quant al que ara ens ocupa, és un exemple sorprenent, perquè és en el segon estadi del text on es realitza plenament el model mètric (accentual) descrit, perquè els dos tercets del primer estadi no el segueixen. Comento la forma final del sonet (1957) i el lector ja anirà contrastant els nombrosos canvis que s'hi operen respecte al primer (1914), indicats en lletra cursiva:

Arbres 1957 (*Arbres* 1953)	LVC 1914 (BeT 1918, BeT² 1936)
Dónes, figuera, quan l'aire rutila,	Dónes, figuera, *a l'estiu* que rutila,
bosses de mel a l'amic i a l'estrany,	*llaminadures i l'ombra i el guany;*
mar, casa i horta coneix i vigila	*o quina cosa més bella i tranquila*
la teva soca de pell d'orifany.	la teva soca de pell *d'orifany!*

L'arrancada és magnífica, hipnòtica, perquè se'ns enganxa el ritme que imposa el model i perquè ens enamorem de l'exactitud de l'aire brillant del setembre, i de la metàfora *bosses de mel.* Si les rimes són destacables («rimas caras» dirien les antigues preceptives provençals), també ho és un dels mots de rima: «orifany», un terme antic, en desús, però que acompleix més bé que el mot actual (elefant) la funció crucial d'anticipar l'antiguitat de l'arbre, que ara, a l'inici del segon quartet, se'ns explica:

Has vist Adam, fill rebel de l'argila,	*Veres* Adam, *nat* rebel de l'argila,
l'àngel irós i el seu mal averany;	l'àngel *irat* i el seu mal *averany*
i si Jesús malei fora vila,	i *quan* Jesús *et trobà* fora *vila*
erma de fruits, la figuera d'antany,	*eres ja seca, sibil·la d'antany*.

L'antiguitat de la figuera és tan fabulosa que ha conegut el paradís terrenal i ha estat testimoni del pecat d'Adam. Però també, a l'altre extrem del llibre sagrat, l'arbre ha estat víctima de la ira de Jesús en l'episodi de la maledicció de la figuera als afores de Jerusalem (Mateu 21,19):

De bon matí, tornant a la ciutat, Jesús va tenir gana. Veié vora el camí una figuera i s'hi va acostar, però no va trobar-hi res més que fulles. Llavors digué a la figuera: —Que mai més no surti fruit de tu!— I a l'instant la figuera es va assecar.

En l'article citat més amunt, Carner escriu: «El alma graciosa del soneto, su *quid divinum*, se halla en la transición de los cuartetos a los tercetos [...], y es acechada por el oído educado con golosa expectación». El lector podrà comprovar la diversa fortuna de la materialització d'aquest pensament en les dues formes del sonet. El primer tercet ens situa en el present del poema, després dels dos episodis antics, el segon, però, està subordinat a la frase principal, que es desplega ara:

ara, en abril, quan és gerda la brossa, Qui ve de vèncer la mort en sa fossa a tu decanta la mà transparent,	*Arbre tot ple d'oriental fadiga,* *o canalobre de la Llei Antiga,* *que avui et rigui mon amor un poc!*

Per mitjà d'una frase circumstancial (vv. 7-8), s'introdueix aquell Jesús dels Evangelis que va maleir l'arbre (i el va assecar) perquè no donava figues a la primavera. Però ara a l'abril, per Pasqua, en temps de renovació cíclica de la vida, la representació actual d'aquella figura històrica (expressada amb un epítet formulari: *Qui ve de vèncer la mort en sa fossa*) beneeix la figuera, que ha començat a deixondir-se. L'*arbre tot ple d'oriental fadiga* treu fulles amb aparença de verdes flames de les branques abaltides per l'hivern, quan, despullat, l'arbre característic d'aquella terra ens en suggeria un símbol: el canelobre de set braços esmentat a l'*Èxode*.

i verdes flames encara desnia en cada branc que l'hivern abaltia, oh canelobre del Vell Testament!	*puix de la negra sepultura enfora* *Jesús, vestit d'abril, passa a ta vora* *i encén la verda flama en cada broc.*

«La figuera» és una mostra de la forta presència del Gran Codi en la col·lecció vegetal. L'autor ens ha conduït d'una estampa de finals d'estiu, quan l'arbre dóna fruit, a l'hivern, quan l'arbre s'assembla al canelobre israelita. I des de la vellúria de la creació de l'home, condemnat al dolor, al present de la primavera, per Pasqua, quan la il·lusió reneix com les flames de l'arbre. La forma final del text flueix admirablement, ens proporciona comfortabilitat. Això no ho procura el primer estadi del poema, que té un to general arcaic, versos retòrics, versos de farciment (els dos vocatius dels versos 3 i 10), tot i presentar la mateixa estructura estròfica cadenoencadenada dels quartets (abab abab), seguida de l'apariat inicial dels tercets (ccd eed), que trobem a *Arbres* i a Arbres.[35]

ADEQUAR LA MÈTRICA AL POEMA: POLLANCS I CASTANYERS

El repertori mètric de Carner és d'una riquesa considerable i és un valor de la seva poesia que ja ha estat ponderat. Un carnerià de provada competència, i un dels pocs estudiosos que s'han ocupat de mètrica en català, ha pogut escriure un manual d'aquest camp d'estudi amb exemples fornits únicament (o quasi) per versos carnerians (vegeu Oliva 1989).

A qualsevol llibre del poeta tenim exemples que ens fan veure fins a quin punt hi ha una adeqüació entre la paraula i el model de vers triat per formular-la. «Els pollancs de França» és escrit en decasíl·labs cesurats a la cinquena. Tots ells tenen el primer pentasíl·lab femení (paroxíton) i el segon masculí (oxíton). En subratllo les síl·labes tòniques:

> Pollancs de la França, // devora els camins,
> pollancs de les prades, // pollancs dels jardins

35. Aprofito el final del comentari de «La figuera» per subratllar que el text de *Poesia* apareix amb dues enutjoses comes que castiguen el sentit dels versos, sobretot la primera, que modifica el subjecte de la frase: *Has vist, Adam, fill rebel de l'argila, | l'àngel irós...* Com si fos Adam i no la figuera el que hagués vist tot el que se'ns dirà a partir d'ara. La segona apareix en un vers posterior, entre subjecte i verb, al final de l'epítet formulari (*Qui ve de vèncer la mort en sa fossa,*). Totes dues són exemples no rars d'errors substancials a causa d'una badada en la puntuació. S'han d'eliminar de l'edició (vegeu l'aparat del poema).

En l'execució, es correspon amb iambe + anapest femení // iambe + anapest: ATAATA // ATAAT (A equival a síl·laba àtona i T a síl·laba tònica). A mesura que llegim el text, l'efecte rítmic que fan els versos, si en respectem la correcta execució, és aquest:

> i en rengs que s'adiuen // com versos rimats
> van junts a la missa // i a fer de soldats.

El model mètric triat per l'autor s'ajusta amb humor al sentit de les paraules.

També s'hi ajusta perfectament un dels exemples més rars de model de vers a Carner, un veritable hàpax de la seva poesia (i poc utilitzat per qualsevol altre poeta català):[36] el decasíl·lab *a minore*, amb cesura èpica a la sisena, segons l'esquema: 6 (1)(2) // 4. És a dir, un hexasíl·lab femení (que en cinc casos es presenta amb terminació esdrúixola) + un tetrasíl·lab masculí, tots ells disposats en estrofes de tercets monorrims. El poema s'intitula «A un castanyer d'Índia que florejava»:

> Salut, oh primavera // tot d'un plegat,
> salut, castanyer d'Índia, // l'emplomallat,
> pel goig de les aurores // aviciat

És rar, i és també interessant de remarcar que es tracta de la interversió del model més usat a l'antiga lírica catalana, de Cerverí de Girona als poetes postmarquians: el decasíl·lab *a maiore*, amb cesura a la quarta i amb la possibilitat que l'hexasíl·lab sigui femení: 4 // 6 (1): *Veles e vents // han mos desigs complir*.

La singularitat del model de vers es veu complementada per una prosa publicada pocs anys abans que el poeta donés el poema a la premsa (1927). La prosa és

36. Hi ha exemples al *Canigó* de Verdaguer: *Lo comte Tallaferro // va com lo vent | volant per les altures // del Pirineu*, reportats per Parramon 1998. *Canigó* era ben conegut de Carner, que va adaptar el poema al teatre el 1910.

«Malhumors de la primavera», un article publicat a *La Veu de Catalunya* (31-III-1923) i no recollit en llibre per l'autor, tot i adir-se amb la mena de proses aplegades a *Les bonhomies* (1925). El primer paràgraf descriu la manera particular de treure fulles dels castanyers d'Índies:

A cada punta de branquilló dels castanyers d'Índies hi ha sospesos dos o tres accents circumflexos, d'un verd profund: és una pedantesca manera de fullar.

El poema sembla partir especialment de l'inici d'aquesta prosa, perquè observem que el poeta subratlla la *pedantesca manera de fullar* per mitjà d'una pedantesca manera de versificar:

> Aixopluc de mil gràcies // que et fas tan bell,
> sé que encar custodies // en un ramell
> l'esperança ventissa // d'un cor novell.

La rima és un recurs molt utilitzat per Carner. El poeta va escriure molt pocs poemes sense la presència d'aquesta «trava». Ell mateix escrivia a «Virtut d'una paraula» (1961) [Nardi i Pelegrí 1986]:

No hi ha cap llibertat comparable a la creació del poema. Entenc per llibertat la tria personal de les traves, autèntiques *col·laboradores*. És a elles, no a procediments màgics, automàtics ni científics, que deurem el fet de poder treure tots els recursos de l'ombra o de la vida soterrada, com també d'assegurar les gràcies formals.

En aquest text tan conegut no se'ns parla concretament de la rima, però sens dubte que és una de les *col·laboradores* del poema, i no pas la menys important. Si observem amb atenció cadascun dels poemes de la col·lecció ens adonarem que en tots ells hi ha presència de rima. És consubstancial en la poesia de Carner. En la majoria de composicions del poeta, la presència de rima consonant és absoluta, i en d'altres, poques, s'observa tan sols en versos alterns. Aquest segon cas afecta sobretot poemes posteriors a la guerra civil, com «Desmai». A la col·lecció vegetal, hi ha una dotzena de poemes amb rima consonant alterna i cap d'ells no pertany a la primera etapa de producció. I la majoria pertanyen a la tercera. Això potser ens indicaria que, a partir dels anys quaranta, la rima consonant a tots els versos deixa de ser una col·laboradora a temps complet. Sense que de cap manera es pugui dir que la rima no continuï tenint una presència dominant a la seva poesia. Cada poeta construeix el seu discurs poètic amb elements triats entre les seves aptituds.[37]

LES FAGEDES ÍNTIMES

La prosa pot ser una font d'informació preciosa per al vers. No sempre tan ben trenada com en el poema del castanyer. Guerau de Liost, el seu íntim amic, una de les poques persones amb les quals Carner es tutejava, li va fer conèixer la geografia del Montseny i els arbres que poblen la muntanya d'ametistes. Ho reconeix ell mateix a «L'arbre, el llibre, el vent», una prosa publicada a *La Publicitat* (7-X-1931): «L'admirable poeta dels *Somnis* i les *Sàtires* em féu intimar amb les fagedes: un dels presents infinits que li dec». Les estades de Carner al Mas Rosquelles de Viladrau, de la família Bofill, van ser nombroses abans de la guerra, abans de la desaparició de l'amic.

37. Encara que només sigui a tall de curiositat literària, voldria reportar el poema d'un poeta situat a les antípodes de Carner en aquesta qüestió de la rima, Eugenio Montale, que ironitza sobre el seu ús, en una peça que forma part de «Satura I» dins *Satura* (1962-1970) [1971] i s'intitula «Le rime»: *Le rime sono più noiose delle | dame di San Vincenzo: battono alla porta | e insistono. Respingerle è impossibile | e purché stiano fuori si sopportano. | Il poeta decente le allontana | (le rime), le nasconde, bara, tenta | il contrabbando. Ma le pinzochere ardono | di zelo e prima o poi (rime e vecchiarde) | bussano ancora e sono sempre quelle* [vegeu MONTALE].

A la col·lecció hi ha dos poemes dedicats al faig: «Les set fulles del faig» (564) i «Sota del faig» (569). El primer, d'una riquesa impossible de descriure en poques paraules, és un poema situat al final de la tardor i explica set maneres de morir de set fulles *com de foc* que queden a les branques d'un faig (*els dèiem jo i l'amada* | *els set adéu-siaus*). No hi falta la mort de la fulla abatuda per una (xaruga) vella feinera, que no s'està de romanços i que no sent de cap manera el remordiment, recordem-ho, del parlant de «La fulla»:

Cercant la pietat, una altra anà vers l'ombra
d'un portaló xaruc;
la vella, entre viltats, ajeia a cops d'escombra
l'auguri malastruc.

El poema discorre narrant el despreniment i la fi de cada una de les set: com la fulla presumida, que, narcisa, mor, atreta per ella mateixa, caient tant en contacte amb el mirall on s'encisava, que no s'hi pot mirar. Precedeix la fi de la darrera, que fila els dos enamorats i s'esmuny entre els dos cossos sense poder passar:

Una altra malmorí per veure's tot el dia,
i, ja en el regueró,
veié només l'abís del cel que l'atuïa,
i, ella mateixa, no.

La fulla que era, just, al cim de la brancada
la meva amor sotjà.
Entre son cos i el meu lliscava refiada
i ja no va passar.

El títol de l'altre poema, «Sota del faig», és un explícit recordatori del primer vers de la primera bucòlica de Virgili: *Tityre, tu patulae recubans sub tegmine fagi* (Tu, Títir, ajagut sota cobert d'un ample faig). El títol del poema carnerià és la literal traducció de *sub tegmine fagi*, expressió usada per Carner en un article de 1927, on exposa per primer cop la seva teoria de l'ham poètic.[38] «Sota del faig» expressa la pau absoluta que sent el parlant en una fageda a final d'estiu, immobilitzat sota l'arbre, fins al punt que tudó i esquirol, creient-lo mort, li passen a tocar, en un escenari apagat, opac, per efecte del sentiment en suspens, somort, del subjecte parlant.

EL MÉS VELL DE LA TRIBU

El cas de l'*ahuehuete* és motiu d'esment per diverses raons. Primer per la imposant grandària d'aquest enorme, mil·lenari arbre americà, cenyit per la claror del mite. Després, perquè l'autor el va cridar com a personatge de la seva peça *El misterio de Quanaxhuata* (1943), on té assignat el paper de prologar l'obra: *Prólogo por el ahuehuete*. També perquè Carner el torna a invocar en un poema de la col·lecció: «Cantata dels sabins seculars», on sabí és la carneriana traducció al català del nom de l'arbre, també conegut com a xiprer mexicà. I encara l'*ahuehuete* és motiu d'esment per un text improvisat arran de la demanda dels responsables editorials de *Poesia* que no entenien el terme «sabí»: quan la secció Arbres ja devia estar a punt d'entrar a impremta, Albert Manent, al *post-scriptum* d'una carta datada el 4-XI-1957, expressa a Carner els dubtes sobre la catalanitat del terme.[39] I el poeta li contesta:

38. El treball en qüestió, publicat el 1927 a la revista *Ciutat* de Manresa, s'intitula «Suggestions entorn d'un poema», un poema de López-Picó. La segona frase diu: «Guerau de Liost, que farà bellament, qualsevol istiu, *sub termina* [error d'impremta per *tegmine*] *fagis* la seva suggerida tria dels més bells poemes de López-Picó, em penso que no bandejarà pas aquelles esparces». La teoria de la virtut de la paraula generadora del vers i del vers «donat» pels déus, la ratlla meravellosa que desplega el poema, és pròxima a la que havia expressat Valéry a *Au sujet d'Adonis*. El poeta de Seta, en un seu diàleg, *Diàleg de l'arbre*, parteix de l'escena imaginada per Virgili *sub tegmine fagi*. Carner, en els anys mexicans, publicarà la traducció a l'espanyol de dos altres diàlegs de Paul Valéry: *El alma y la danza. Eupalinos o el arquitecto*. Traducción de José Carner. Buenos Aires: Editorial Losada, 1944.

39. El *post-scriptum* d'A. Manent diu: «M'adono a darrera hora que en la "Cantata dels *sabins* seculars" el mot sabí no és català. La forma

Passem als sabins. Poc es tracta de cap mata dioica de la família de les cupressàcies, ni de cap planta o arbre que hagueu mai vist en els nostres topants nadius. El nom de l'arbre gegantí i, més de quatre vegades, d'una edat que esborrona, és, en llengua azteca, *ahuehuetl*; el mexicà d'avui en dia, blanc o mestís, en diu *ahuehuete*, nom impossible de catalanitzar. No he mai vist soca i branques més poderoses que les d'aquest arbre, ni fulles, en arbre, tan minúscules. Però amb una extraordinària compensació: pengen de les branques fantàstiques garlandes de plantes parasitàries que, a les fosques, o gairebé, podrien suggerir cossos de penjats. La repugnància que m'inspiren les notes en llibres de poesia no m'ha permès d'explicar tot això al lector. En un diccionari mexicà vaig trobar que alguns havien dat a l'arbre el nom de *sabinos*, probablement tret de *sapins*: *sabins* ja ens era una forma més mereixedora d'adopció.

Un exemplar d'*ahuehuete*, el que es conserva a Santa María del Tule, a 12 km de Oaxaca, fa 41 metres d'alçada, 14 de diàmetre i 36 de perímetre. Es calcula que aquesta enorme escultura vivent té una antiguitat de dos mil anys. Però prop de Ciutat de Mèxic hi ha uns quants exemplars venerables, mil·lenaris també.[40] La veu vetusta del vegetal més vell del món expressa en el poema com el temps i les edats passen en una exhalació:

---

nostra és femenina i ben viva al camp: en diuen *savina* o *sivina* (aquesta darrera forma al Camp de Tarragona). Caldria que ens donéssiu alguna solució plausible d'aquest problema». Aquesta carta i el post-scriptum, i la contesta de Carner, els vaig editar, amb altres cartes procedents del Fons Josep Carner, com a apèndix documental a la meva tesi, ja citada (el document ha estat també editat a Subirana 2002).

40. Consulto la família Carner, establerta a Mèxic. I Françoise Carner, néta del poeta, m'informa: «Existen todavía en el bosque de Chapultepec de la ciudad de México muchos ahuehuetes, en Atenco (cerca de la ciudad de México) siguen los ahuehuetes del gran rey-poeta de Texcoco, Nezahualcoyotl y en algunos lugares se llama este árbol ciprés de Moctezuma, el último tlatoani azteca. El famoso Árbol de la Noche Triste en que lloró Cortés cuando los Aztecas lo sacaron de México-Tenochtitlán era también un ahuehuete que se quemó hace algunos años. No sé si mi abuelo conoció el del Tule. En los años cuarenta era difícil llegar a Oaxaca, pues tiene una geografía muy accidentada y no había aeropuerto ni autopista».

És només un el parpelleig del dia
per a l'herba i el tronc de majestat,
ni dura fet i fet el mil·lenari
més que un gemec d'albat.

Carner escriu aquesta cantata en honor d'Alfonso Reyes (1889-1959), una de les grans figures de la civilització literària mexicana del segle xx, i amic seu durant el temps tan dur dels primers anys d'exili.

LA PRESENT EDICIÓ

L'edició es funda, com ja ha estat dit, en la secció Arbres de *Poesia* (1957), l'últim text de la col·lecció controlat per l'autor, l'última forma del recull de poemes vegetals. L'edició també té en compte dos altres testimonis, que constitueixen, amb l'anterior, el segon estadi redaccional: el llibre *Arbres* (1953) i, pertanyent a la seva òrbita, la còpia calcada en paper ceba del mecanoscrit enviat a Barcelona (1952). Es tracta d'una còpia incompleta. Incompleta perquè els sis darrers poemes van arribar més tard, com sabem: acabats d'escriure, en dues sèries de tres, i també perquè l'autor no sempre conservava una còpia dels textos que enviava als editors, com certifica la correspondència editorial d'aquells anys (la de Canyameres i Benguerel, vegeu notes 7 i 8, o la de Ferrer, editor fallit d'*Arbres*, vegeu nota 22). Carner no és un exemple d'ultrança conservativa com Victor Hugo, per posar un cas extrem oposat, que no enviava mai a l'editor l'autògraf, sinó una còpia controlada de l'obra (un idiògraf). Es feia enquadernar els manuscrits d'autor, maniàticament guardats dins d'un armari de ferro amb tots els seus papers, i no feia cap viatge llarg sense endur-se'ls, protegits en un sac *waterproof*. Carner no estava tan preocupat per la posteritat. I amb tants canvis de domicili, ja se sap: a cada bugada es perd un llençol.

Però tampoc no es conserva el mecanoscrit tramès a

Barcelona per compondre el llibre, ni tan sols el testimoni dels sis últims poemes. Quant a la secció de *Poesia*, és més que probable, i natural d'altra banda, que es partís del text compost d'*Arbres* (i per tant, no deu haver existit mai una còpia d'autor de la forma impresa el 1957).

Els tres testimonis tinguts en compte són, doncs:

P	(Arbres, secció de *Poesia* 1957)
Arb	(*Arbres* 1953)
mcsArb	(1952, còpia d'autor conservada al Fons Josep Carner de la BdC)

Una prova força concloent que el mcsArb és una còpia (incompleta) del llibre de 1953 i no de la secció de 1957 és que, en el poema «La fulla», el mecanoscrit conté un error mecànic d'autor. L'error es va traslladar a l'imprès i va passar per malla a la correcció de proves, on ningú no el va detectar, ni el mateix autor. I va aparèixer impresa a *Arbres* aquesta lliçó absurda (idèntica a la del mcsArb):

> Oh quin ofec, parets i sostre,
> igual que d'un taüt!

A *Poesia* afortunadament el segon vers es va esmenar:

> igual que fustes d'un taüt!

Era habitual en aquells anys de picar els textos a màquina amb dos fulls separats per un paper carbó, que imprimia els caràcters en el segon paper, més fi, de còpia o ceba. I aquests fulls conservats són de còpia en paper ceba. Es tracta per tant d'una prova evident que el mcsArb, conservat per l'autor, pertany a la forma de 1953. Però n'hi ha d'altres d'evidències. Com és ara que el mecanoscrit s'acabi a «A un auró», com ja he exposat anteriorment. Hi ha algun rar poema on les variants substancials del mecanoscrit respecte al llibre són importants, com les que afecten «La figuera de Passy».[41] Es registren totes a l'Apèndix 2.

Ja hem tingut ocasió de veure que, en el pas del llibre a la secció, es produeixen alguns canvis estructurals. Pel que fa a les variants de cada text, ja he dit també que hi ha una tercera part de poemes invariats, i que la resta presenten els habituals retocs que el poeta sol fer en el trànsit de llibre a llibre (i que el lector pot valorar en aquesta edició genètica). Aquestes variants, substancials i formals, sempre substitutives (i evolutives), no mai destitutives o instauratives, són, penso, lleus en general, una final passada de llima. Hi ha casos, però, més profunds. Com un canvi de gènere d'un mot a «Acàcies, pomeres» (533), que provoca la reescriptura del vers, amb una millora ostensible per al final del poema:

> i els pobres glans corcats
> es tornaran, més belles que les del món, alzines.

passa a ser:

> Les glans caigudes a camins fressats
> es tornaran, més belles que les del món, alzines.

Tot i haver-hi algunes variants substancials com aquesta, la variació de cada poema a mecanoscrit, a llibre i a secció no és profunda i es pot afirmar que són tres formes (la primera, recordem-ho, incompleta) d'un mateix estadi redaccional.

Però tres quartes parts del conjunt dels poemes, individualment, més enllà de les tres formes d'aquest estadi, procedeixen d'altres testimonis expressats en un estadi redaccional anterior. Cada poema té una tradició que el defineix com a individu i el relaciona amb publicacions

41. La lliçó del poema tramès a Obiols (vegeu nota 33) és molt pròxima a *Arbres*, mentre que la de mcsArb, un testimoni situat cronològicament entre un i altre, presenta nombroses variants substancials, que després seran reconduïdes a la lliçó primera.

anteriors (llevat naturalment dels quinze inèdits). La llista de llibres que contenen aquests poemes, després incorporats a *Arbres*, és la següent:

SIGLES DELS TESTIMONIS, ANTERIORS O POSTERIORS A ARBRES, QUE INTERVENEN O SE CITEN A L'EDICIÓ

PrS	*Primer llibre de sonets*(1905)	SLF	*Sons de lira i flabiol* (1927)
SeS	*Segon llibre de sonets* (1907)	VeE	*El veire encantat* (1933)
Mon	*Les monjoies* (1912)	PrP	*La primavera al poblet* (1935)
BeT	*Bella terra bella gent* (1918)	BeT²	*Bella terra bella gent* (1936)
OrC	*L'oreig entre les canyes* (1920)	Pal	*Paliers* (1950)
CoQ	*El cor quiet* (1925)	Llu	*Llunyania* (1952)

I encara, alguns, pocs, poemes (cinc) tornen a aparèixer en llibres posteriors a *Poesia*:

Lli	*Lligam* (1961)	ToA	*El tomb de l'any* (1966)

Aquesta edició proposa una lectura sincrònica, bàsica, dels 61 poemes que conformen la secció de *Poesia* (1957) i una lectura crítica de la gènesi dels textos publicats en llibre per l'autor. Són dues lectures complementàries possibles. La primera permet fer-se càrrec, en la seva totalitat, de l'última forma de la col·lecció de poemes. La segona permet observar, a peu de pàgina, la genèsi de la majoria de peces que integren el llibre. S'hi registren les variants d'*Arbres* i les dels llibres anteriors. Comparar els estadis del text possibilita seguir i valorar la progressió que han experimentat els poemes. Un exercici veritablement estimulant, que ensenya moltes coses sobre l'ofici de fer versos a través del magisteri incomparable de Josep Carner.

L'editor de textos contemporanis, observador atent dels textos que edita, ha d'elaborar, partint d'aquesta observació, una constel·lació de menudes sistematitzacions fundada en les tendències advertides en els testimonis d'autor. De fet, una tal constel·lació forma part de l'operació que el post-lachmannisme anomena *dispositio textus* (el teixit que revesteix les paraules: grafia, interpunció, majusculació, accentuació, signes diacrítics, etc.). El resultat d'aquesta operació s'ha de formular en els criteris d'edició o a l'aparat de cada poema. Sempre dependrà de l'opció de l'editor.

El text de 1957 constitueix el text de base d'aquesta edició. Es numeren els versos per facilitar la consulta de l'aparat, on es registren les escassíssimes esmenes ortogràfiques. Se sistematitza la separació estròfica de les composicions i s'entra el primer vers de cada estrofa. Es regularitza l'ús de guions de parlament en els casos següents. 1: tancament seguit de punt i no al revés, la regularització permet la neta distinció de l'ús de punt guió (.—), que és habitual a la poesia de Carner i que té una funció de pausa més marcada que el punt. 2: se substitueixen les comes per guions quan s'introdueix l'estil directe. 3: tancament de guió a final de cant i no a final de poema. Ús de cometes parentètiques («») en parlament dins de parlament. El signe d'interrogació inicial s'incorpora de manera sistemàtica al text.

El número d'ordre dels poemes editats figura com a primera informació de l'aparat (ja he dit que l'ordre depèn de la totalitat dels poemes de *Poesia*: de 517 a 577). Aquesta numeració és important per identificar i relacionar els poemes de tants i tants i llibres, entre tantes i tantes revisions d'autor. A continuació, es registren les esmenes introduïdes al text, si n'hi ha (i n'hi ha afortunadament poques), sempre, si és possible, acompanyades d'un testimoni d'autor que avala la suplantació.

No es recullen menudes sistematitzacions introduïdes en el text d'aquesta edició (fetes, com he explicat, partint de l'observació de les tendències expressades per l'autor: les variants ortogràfiques, les separacions estròfiques, la regularització de l'ús de —, —.), [corregint ,— .— ,)] o casos semblants; l'ús de guions de parlament en lloc de cometes parentètiques; l'addició del signe d'interrogació inicial.

L'aparat crític d'aquesta edició és un aparat genètic, que recull les variants dels testimonis anteriors publicats en llibre. He desestimat d'incloure-hi les de testimonis publicats a la premsa, en els casos dels poemes en què aquesta forma m'és coneguda. I les variants del mecanoscrit d'autor respecte al seu descendent (*Arbres*) figuren, com he dit, a l'Apèndix on es descriu la seqüència de fulls conservats.[42]

L'aparat s'organitza en tres segments. Vegem-ne l'exemple dels sis primers versos de «La figuera», un poema que ja coneixem, amb una ràpida explanació dels signes més destacats:

TEXT: P 523 ‖ ESMENES: **5** *vist,* [vist mcsArb Arb] ❧ TESTIMONIS ANTERIORS EN LLIBRE: ① BeT 15 ‖ ② BeT² 15 ‖ ③ Arb 8 ‖ APARAT GENÈTIC: ① ② Dedicatòria: *A Llorenç Riber* ‖ Sense esp. estr. ‖ **1** figuera, *a* {*l'estiu*}{*l'istiu* BeT} *que rutila* ‖ **2-3** *llamina-*

42. Un brevíssim balanç de les variants d'Arbres respecte al seu predecessor *Arbres*: s'ortografien algunes formes, com el vocatiu *oh*, que al llibre es presenta sense *h*, un hàbit que s'observa en llibres de poesia de l'autor a partir de *Bella terra* (1918). ❧ Algun error mecànic resolt: 561.36 [tu] *dilucidades* prou Arb : *dilucidaves* prou P ❧ I algun error, que sembla mecànic i potser no ho és: 527.5 *empolvat* Arb : *empolsat* ❧ Adequació a la normativa: 559.21: *El goig que en la rel arpègia* Arb : *Goig que en la rel arpegia* P ❧ 561.28*¿seran perquè els nivelli* Arb : *¿són perquè els anivelli* P ❧ Rimes falses com 555.9: *del rengle desprès,* Arb [havent de rimar amb *bes* se substitueix per] : *primer dels primers*; P ❧ Alguna altra variant substancial: 547.I.17 *tirant-te al sol,* com un xiprer Arb : *cap a la llum,* com un xiprer P ❧ 526.1 *L'albercoquer tota sa flor badà* Arb : *L'albercoquer tota sa flor lliurà* P.

dures i l'ombra i el guany; | *¡oh quina cosa més bella i tranquila* || **4** *d'orifany!* || **5** *Veres* Adam, *nat* rebel || **6** l'àngel *irat* i || ③ **6** *averany,* ❧

TESTIMONIS POSTERIORS: Ø

El primer segment, sincrònic, s'ocupa del text editat. El segon registra els testimonis anteriors i l'aparat genètic. El tercer informa de l'eventualitat d'un testimoni posterior.

❧	indicador de canvi de segment
6	número de vers portador de variant, en negreta
(7)	número de vers pertanyent al testimoni genètic i no coincident amb el del text editat
①	identificació cronològica de cada testimoni dins l'aparat genètic
BeT 15	sigles del testimoni (aquí *Bella terra bella gent*) i número d'ordre del poema
caràcters en rodona	identitat de lliçó respecte al text editat: apareix com a peu d'entrada o de sortida d'una variant
caràcters en cursiva	lliçó variant. Tota lliçó de l'aparat començada en cursiva, indica que la variant es troba a començament de vers o que és una variant de puntuació
||	separador de variants o d'elements d'informació dins d'un mateix segment
{*l'estiu*}{*l'istiu* BeT}	discrepància entre variants d'un mateix estadi, variants que es reporten dins la clau en casos en què apareixen els testimonis junts a l'aparat, aplegats en un mateix tall genètic
≈	identitat de lliçó de més de quatre síl·labes entre dues variants

JAUME COLL

BIBLIOGRAFIA

1. Llibres de Josep Carner de 1938 a 1957
Poesia (edicions originals i antologies). Prosa. Teatre

1938

Galerades de *Jonàs* [1938].

[Proves d'impremta del poema després intitulat *Nabi* i més tard *Nabí*. Edició no nada a causa del desenllaç de la guerra civil espanyola. El testimoni es conserva a la Biblioteca-Museu Víctor Balaguer de Vilanova i la Geltrú. Vegeu Coll 2002.]

1940

Nabi. Poema. Nota liminar: J. C. [Josep Carner]. México DF: Editorial Séneca (Colección Lucero), 1940.

14 x 10 cm, 112 ps. Tiratge: no consta.

[Traducció espanyola de l'autor.]

1941

Nabi. Poema. Pòrtic de J. M. Miquel i Vergés. Buenos Aires: A. A. C. C. [Associació d'Ajut a la Cultura Catalana] (Edicions de la Revista *Catalunya* V), 1941.

18'5 x 13'5 cm, 112 p. Tiratge: 60 exemplars en paper especial, no consta en paper corrent.

[Primera edició catalana del poema.]

1943

Misterio de Quanaxhuata. México DF: Ediciones Fronda, 1943.

20'5 x 15'4 cm, 126 p. Tiratge: 100 exemplars en paper especial, no consta en paper corrent.

[Dramatització en prosa d'un mite precolombí, després reescrit en català (vegeu més avall *El Ben cofat i l'Altre*). Obra escrita en homentage a (i en la llengua de) la comunitat que va acollir el poeta en l'amarg exili primer.]

¿1944?

La més perfeta. [Nota prologal:] «Josep Carner» per Maurici Serrahima. Barcelona [Editat, sense peu editorial i sense data, sota l'emblema dels «Amics de la Poesia» ¿1944?].

14 x 11 cm, 20 p. Tiratge: 150 exemplars.

[Breu antologia de sis cançons amoroses: «La més perfeta», «Oració al maig», «Cançó de la divina lassitud», «Recança», «Cançoneta incerta», «Cançó».]

1946
Tres diumenges. Gravats al boix de Grau Sala. París: L'Oreneta, 1946.
25'6 x 16'8 cm, 48 p. Tiratge: 125 exemplars.
[Edició revisada pel poeta de tres poemes procedents de *Bella terra bella gent*: «Diumenge del senyor Pere», «Diumenge del senyor Quim» i «Diumenge del senyor Lluc».]

Antologia poètica mínima. Mèxic DF [Nota prologal:] «Josep Carner» per Agustí Bartra. Biblioteca Catalana, Impremta B. Costa-Amic: Antologies Mínimes IV, 1946.
14'3 x 11'1, 24 p. Tiratge: 500 exemplars.
[Breu antologia de nou poemes: «El dia revolt», «Nus, eren dos amants», «Pronòstic de setembre», «Vora la mar és nada», «Elegia», «Nit de primavera», «Esparses de tardor», «El reialme», *Nabi* (cant IV).]

1947
Nabi. Poema. Barcelona, 1938 [1947].
22 x 16 cm, 96 p. Tiratge: 206 + 250 exemplars.
[Primera edició barcelonina del poema. L'autor no en va controlar el text, fixat en base a *Nabi* 1941. L'edició, de 456 exemplars, consta de dues emissions. Una, datada a l'abril, ostenta el patronatge dels Amics de la Poesia (el tiratge és de 206 exemplars) i el títol de l'obra, a la coberta i a la portada, és imprès en blau. A l'altra, datada a l'octubre, l'únic record d'aquell patronatge és l'anagrama de l'entitat (una oreneta volant i una lira) que figura a la coberta i a la portada. El tiratge és ara de 250 exemplars i el títol de l'obra és imprès en vermell. El responsable de l'edició va ser Ramon Aramon i Serra, aleshores secretari de l'Institut d'Estudis Catalans. Vegeu Coll 1998.]

1948
Els fruits saborosos. Amb vuit aiguaforts d'A. Blanch. Barcelona: Edicions d'Art, 1935 [1948].
14'5 x 9'2 cm, 138 p. Tiratge: 178 exemplars.
[Edició pirata fundada en la segona edició del llibre, publicada el 1928.]

La malvestat d'Oriana. Llegenda medieval, il·lustrada amb aiguaforts en color per Jaume Pla. Barcelona: Edicions de La Rosa Vera (Els Llibres de la Rosa Vera, 5), 1948.
132 p. Tiratge: 75 exemplars.
[L'editor i gravador Jaume Pla, que als anys seixanta tindrà cura dels llibres animalístics de Carner (*Museu zoològic*, *Museo zoológico*, *Bestiari*) és el responsable d'aquesta edició textualment maldestre: «Puc dir clarament que aquell llibre [*La malvestat d'Oriana*] el vaig fer pensant exclusivament en la tipografia». Jaume Pla, *Famosos i oblidats: 38 retrats de primera mà*. Barcelona: La Campana, 1989.]

1950
Paliers. Poèmes. Prologue de Roger Caillois. Brussel·les: La Maison du Poète, 1950.
19 x 14 cm, 84 p. Tiratge: 525 exemplars.
[21 poemes. Primer replà cap a *Poesia* en la revisió de poemes]

1951
El Ben cofat i l'Altre. Llegenda en cinc actes, precedida d'un pròleg. Perpinyà: Edicions Proa (Biblioteca A Tot Vent, 93), 1951.
17 x 11'4 cm, 256 p. Tiratge: no consta.
[Refecció, en català, del *Misterio*.]

1952
Llunyania [pròleg de l'autor sense titular]. Santiago de Xile: El Pi de les Tres Branques, 1952.
21'5 x 16 cm, 132 p. Tiratge: 300 exemplars.
[42 poemes. Segon replà cap a *Poesia* en la revisió de poemes.]

1953
Arbres. Nota preliminar de Marià Manent. Barcelona: Editorial Selecta (Biblioteca Selecta, 133), 1953.
14 x 10 cm, 256 p. Tiratge: no consta.
[60 poemes. Tercer replà cap a *Poesia* en la revisió de poemes: primera forma d'una secció del llibre major. Vegeu-ne una completa descripció física a l'Apèndix 2.]

1957
Obres completes. I. Poesia. Pròleg de Marià Manent. Barcelona: Selecta (Biblioteca Exelsa, 11), 1957.

18 x 11 cm, LXIV + 980 p. Tiratge: no consta (segurament 2.000 exemplars).

[Organitzat en tretze seccions, entre elles l'últim estadi de *Nabí*, el llibre major conté un total de 896 poemes (751 de revisats i 145 publicats per primera vegada en llibre per l'autor). Vegeu-ne una descripció física a l'Apèndix 2. Vegeu COLL 1992a.]

2. Estudis o edicions citats a la Introducció

BÍBLIA
La Bíblia. Bíblia Catalana Interconfessional. Barcelona: Associació Bíblica de Catalunya, Editorial Claret, Societats Bíbliques Unides, 1997.

[BUSQUETS 1994]
«Epistolari entre Josep Carner i Xavier Benguerel». A cura de Lluís Busquets i Grabulosa, dins *Epistolari de Josep Carner*. Volum 1 (A. Manent i J. Medina, ed.). Barcelona: Curial (Epistolaris de la Catalunya Contemporània, 2).

Lluís CABRÉ - Marcel ORTÍN 1985
"El cor quiet" de Josep Carner. Barcelona. Empúries (Les Naus d'Empúries: Quaderns de Navegació, 1).

Jaume COLL 1984
«Cronologia i relació descriptiva de l'obra de Carner» dins «Josep Carner, un intel·lectual del nou-cents». *L'Avenç* 68.

Jaume COLL i Salvador OLIVA 1986
«Crítica de les variants d'un poema de Josep Carner» dins *Reduccions*, 29-30.

Jaume COLL 1991
Edició crítica de la poesia de Josep Carner publicada en llibre. 4 volums en 5 toms. Universitat de Barcelona.

[COLL 1992a]
Josep Carner. *Poesia*. Text de l'edició de 1957 revisat i establert per Jaume Coll. Barcelona: Quaderns Crema (Sèrie gran, 14).

Jaume Coll 1992b
«Els llibres de poesia de Josep Carner» dins *Studies on Josep Carner* (J. Coll, ed.), *Catalan Review. International Journal of Catalan Culture*. VI, 1-2.

Jaume Coll 1992c
«Carner's Poesia: Aspects of the internal history of the text» dins (J. Coll, ed.), *Catalan Review. International Journal of Catalan Culture*. VI, 1-2.

Jaume Coll 1995
«Els estadis del poema» dins (J. Subirana, ed.) *Carneriana. Josep Carner, vint-i-cinc anys després*. Barcelona: Proa.

[Coll 1998a]
Josep Carner, *Nabí*. Barcelona, Edicions 62 – Empúries.

[Coll 1998b]
Josep Carner, *La paraula en el vent*. Edició de Jaume Coll. Barcelona, Edicions 62 (El Cangur, 262).

[Coll 2002]
Josep Carner, *Nabí*. Edición bilingüe a cargo de Jaume Coll. Textos de 1938 (*Jonàs*) y de 1940 (*Nabi*). Madrid: Turner (Colección Itálica).

Juan Ferraté 1957
«*Arbres*, de Josep Carner» [1953] dins *Teoría del poema*. Barcelona: Seix Barral (Biblioteca Breve).

Maria Josep Gallofré Virgili 1991
L'edició catalana i la censura franquista (1939-1951). Barcelona: Publicacions de l'Abadia de Montserrat (Biblioteca Abat Oliba, 99).

[Gallofré 2003]
Josep Pla i Josep M. Cruzet. *Amb les pedres disperses. Cartes 1946-1962*. Edició i pròleg de Maria Josep Gallofré Virgili. Barcelona: Destino.

[GUARDIOLA 1991]
Cartes de Carles Riba II: 1939-1952. Recollides i anotades per Carles-Jordi Guardiola 1991: 605). Barcelona: La Magrana.

[GUARDIOLA-DOMÈNECH 1995]
«Epistolari C - López-Picó». Transcripció de Carles-Jordi Guardiola. Introducció i notes de Joan de Déu Domènech, dins *Epistolari de Josep Carner*. Volum 2 (A. Manent i J. Medina, ed.). Barcelona: Curial (Epistolaris de la Catalunya Contemporània, 4).

[JULIÀ 1997]
«Epistolari entre Josep Carner i Maria Antònia Salvà». A cura de Lluïsa Julià i Capdevila, dins *Epistolari de Josep Carner*. Volum 3 (A. Manent i J. Medina, ed.). Barcelona: Curial (Epistolaris de la Catalunya Contemporània, 5).

[A. MANENT 1985]
Prosa d'exili (1939-1962) de Josep Carner. A cura d'Albert Manent. Barcelona: Edicions 62 (L'Alzina, 3).

Marià MANENT 1984
«El volum *Poesia*, primer de les obres completes» dins «Josep Carner, un intel·lectual del nou-cents». *L'Avenç*, 68, II-1984.

[MANENT 1953]
«Nota preliminar», Josep Carner *Arbres*. Barcelona: Selecta (Biblioteca Selecta, 133).

Laia MARTÍN 1992
«Una lectura de Llunari» dins *Studies on Josep Carner* (J. Coll, ed.), *Catalan Review. International Journal of Catalan Culture*. VI, 1-2.

Eugenio MONTALE
Satura I dins *Satura 1962-1970* a *L'opera in versi*. Edizione critica. A cura di Rosanna Bettarini e Gianfranco Contini. Torí: Einaudi (I Millenni), 1980.

[NARDI i PELEGRÍ 1986]
El reialme de la poesia de Josep Carner. A cura de Núria Nardi i Iolanda Pelegrí. Barcelona: Edicions 62 (L'Alzina, 12).

Salvador OLIVA 1988
Introducció a la mètrica. Barcelona: Quaderns Crema (Assaig minor, 4).

[ORTÍN 1997]
«Epistolari entre Josep Carner i Ferran Canyameres». A cura de Marcel Ortín dins *Epistolari de Josep Carner*. Volum 3 (A. Manent i J. Medina, ed.). Barcelona: Curial (Epistolaris de la Catalunya Contemporània, 5).

[ORTÍN 1998]
«Epistolari entre Josep Carner i Agustí Bartra». A cura de Marcel Ortín dins *Epistolari de Josep Carner*. Volum 4 (A. Manent i J. Medina, ed.). Barcelona: Curial (Epistolaris de la Catalunya Contemporània, 6).

Jordi PARRAMON i Blasco 1998
Diccionari de poètica. Barcelona: Edicions 62 (El Cangur Diccionaris).

Carles PI I SUNYER 1979
Memòries de l'exili, 2. El govern de la Generalitat. París 1945-1948. Barcelona: Curial.

[SUBIRANA 1995]
«Epistolari entre Josep Carner, Josep M. Cruzet i Josep Miracle». A cura de Jaume Subirana dins *Epistolari de Josep Carner*. Volum 2 (A. Manent i J. Medina, ed.). Barcelona: Curial (Epistolaris de la Catalunya Contemporània, 4).

Jaume SUBIRANA 2000
Josep Carner: l'exili del mite (1945-1970). Barcelona: Edicions 62 (Biografies i Memòries, 45).

[Subirana 2002]
«Epistolari de Josep Carner i Émilie Noulet amb Marià Manent i Albert Manent. A cura de Jaume Subirana dins *Epistolari de Josep Carner*. Volum 5 (A. Manent i J. Medina, ed.). Barcelona: Curial (Epistolaris de la Catalunya Contemporània, 7).

Antonio Vilanova 1953
«La poesía de José Carner», *Destino*, XVII, 844-45-46 (10, 17, 24-X-1953).

[Vilanova 1998]
«Epistolari entre Josep Carner i Carles Pi i Sunyer» (a cura de Francesc Vilanova) dins *Epistolari de Josep Carner*. Volum 4 (A. Manent i J. Medina, ed.). Barcelona: Curial (Epistolaris de la Catalunya Contemporània, 6).

P. Virgili Maró
Bucòliques (ed. Miquel Dolç). Barcelona: Fundació Bernat Metge, 1956.

ARBRES

EPIGRAMA A EMÍLIA

En arbres que em parlaren en plana o en pujol,
tendres o vells, de soques balmades o bé llises,
deixí, per a l'enveja del vianant tot sol,
una E i una J incises.

versos alexandrins i eptasíl·labs (7)

TEXT: P 517 ❧ TESTIMONI ANTERIOR EN LLIBRE: Arb 1 || APARAT GENÈTIC: El testimoni no presenta variants ❧
TESTIMONIS POSTERIORS: Ø

ARBRES

Voldria ta ciència,
arbre, per al meu cor,
tu que en el temps geliu ets paciència
i en dia ardent aboques un tresor.

Verd amuntegament d'onades blanes
amb un sospir de pau en cada floc,
el moviment dels núvols agermanes
amb el descans del roc.

Va a cada arbre una cèlica fortuna:
l'auró té deixes d'alba en el fullam recent,
el bedoll s'enamora de la lluna,
en el pi hi ha ditades del ponent.

Cap arbre com el freixe per alta ocelleria
quan apaivaga el dia,
tot lent, un vel ombriu;
i quan, de matinada, la boira s'esgarria,
són cabelleres d'àngel els àlbers vora el riu.

Palpita el vern, de somnis nocturns en recordança.
Tot cintes d'aigua màgica és el desmai suau.
L'om crida el flabiol per a la dansa.
El faig és una església. El roure és un palau.

Tot home es plany, i l'arbre l'espera i l'aixopluga;
li val el foc i l'aigua, li gronxa l'esperit.
Uns arbres són finestra que l'oratjol belluga,
i d'altres són com una nit.

Trigo, mandrós, d'un encís d'arbre a fer-me lliure;
ullcluc, si sento un arbre m'apar tota la mar;
i un de davant la meva finestra, fa que encar
no em dolgui prou de viure.

És en el llibre de consol que un dia
el Fill de l'Home un orb guarí,
i aquell tornat de tenebror s'esfereïa
en descobrint els vianants en el matí.
—Veig arbres que caminen —agenollat va dir.

Uns arbres amb follia que corre i poc s'acaba;
arbres que mena a vagareig,
en lloc del pur misteri de la saba,
la sang en sotragueig.

—¿On vas? —les fulles diuen amb llur fidel frisança.
La branca puja sense cap pensament de mal.
Arbre frenat en una fèrtil esperança,
atura'm tu, si cal.

TEXT: P 518 ❧ TESTIMONI ANTERIOR EN LLIBRE : Arb 2 || APARAT GENÈTIC: **9** *Ve* a ❧
TESTIMONIS POSTERIORS: Ø

ELS AMETLLERS DE SARRIÀ

Ja que el gener és tan clar
deixeu-me ara cantar
amb veu molt pia
dels ametllers que hi ha
perduts per Sarrià
la lletania.

I

Un ametller, l'hereu,
flor davant mar ja treu
a la carena:
primera flor que hom veu!
Voldria anar a ton peu
una sirena.

II

Oh presoner diví,
ametller d'un jardí,
de faç malalta!
Llences flors a desdir
només que de sentir
l'infant que salta.

III

Tu, l'ametller més franc,
on t'improvises, blanc,
¿qui t'hi cobeja?
Ets al pendís de fang,
penjat sobre un barranc
que el tren sacseja.

IV

Tu, menut arbrissó,
t'enroses, bon minyó,
com de carícies,
sense esma ni corcó,
ametller del racó
d'unes novícies.

V

Ametller temorenc!
Rerassagat d'un reng,
tot t'aclapara,
l'argila, que es fa un trenc,
i el garrofer negrenc
i l'atzavara.

VI

Tu ets el més humanal;
vora un porxo lleial
hom et destria;
amic de son brancal,
fas un vel nupcial
a la masia.

VII

Ametller d'un gran hort:
la col, d'un aire absort,
l'herba en frisances,
el gos i sa consort,
el vell penell retort,
miren com danses.

TEXT: P 519 ❧ TESTIMONIS ANTERIORS EN LLIBRE: ① CoQ 12 ‖ ② Arb 3 ‖ APARAT GENÈTIC: ① **1** *clar,* ‖ **2** *cantar,* ‖ **3** *pia,* ‖ **I.2** *flors* davant ‖ **II.1** *diví!* ‖ **II.2** *jardí* ‖ **II.4** *desdir,* ‖ **II.6** *un nen* que s. ‖ **III.1** *Tu ets* l'ametller més *franc:* ‖ **III.3** *ningú et cobeja;* ‖ **III.4** *fang* ‖ **IV.1** Tu, *el més dolç* a. ‖ **IV.4** *sens esma, sens* c. ‖ **V.3** *ton cor esvara* ‖ **VI.1** *humanal:* ‖ **VI.4** *davant el dolç* b. ‖ **VI.6** *per* la m. ‖ **VII.3** *les bledes, manses,* ‖ ② El testimoni no presenta variants ❧
TESTIMONIS POSTERIORS: Ø

GARROFERS TRENCATS

El vent fuig udolant
i deixa, en sa estricada,
la terra empolsegada
i el blau del cel vibrant.

Per infernals sospites
el vent us trossejà
i encar pregueu a Al·là,
vells arbres islamites.

Les cuixes del brancam
i el negre i verd fullam
s'entortolliguen, moren.

I en ésser al trist revolt,
passant amb un condol
immens, els ases ploren.

descriu un garrofers que estat fets mal bé per el ven.

Sonet < 2 quartets / 2 tercets

versos de sis silabes.

TEXT: P 520 || ESMENES: **7** *Al·lah,* ❧ TESTIMONIS ANTERIORS EN LLIBRE: ① SeS 10 || ② Arb 4 || APARAT GENÈTIC: ① Dedicatòria: *An En Francesch Nel·lo* || Sense esp. estr. || **1** vent *fugí* u. || **2-3** *ab polsaguera odiosa.* | *La* terra *es blanquinosa* || **5** *Ab grapes infinites* || **6** *trocejà,* || **7** *pregueu Alah,* || **10** i el *vert y obscur* f. || **12** *Y pel camí, a plè sol,* || **13** *ab* || ② El testimoni no presenta variants ❧
TESTIMONIS POSTERIORS: Ø

L'ARBRE DE L'ESPERANÇA

En un prat, gemat arreu,
l'arbre hi ha de l'Esperança;
amb la mà ningú no l'heu;
ell no mai es desatansa.

De ses fulles a la veu,
par que el món es torni dansa:
té les ires sota peu
i és tot dret com una llança.

Sols de veure'l un matí,
us sabríeu deixondir,
ulls caiguts, races esclaves.

Canta l'arbre verdejant
i les branques pugen tant
que a mig aire ja són blaves.

TEXT: P 521 ❧ TESTIMONIS ANTERIORS EN LLIBRE: ① PrS 46 || ② Arb 5 || APARAT GENÈTIC: ① Sense esp. estr. || **1** *prat d'argent molt clâ,* || **2** *hi hà l'Arbre* de l'E. || **3-10** *ningú hi arriva ab la mà,* | *ab els ulls tothom hi alcansa!* | *Hi passa el vent süaument,* | *y gotes fines hi plouen;* | *de tan amorosiment* | *totes les fulles se mouen.* | *Les arrels eixint a dolls* | *totes s'han fetes rebolls* || **11** *qui no volen essê* e. || **12** *Tot l'arbre somriu d'un cant,* || **14** qu'*al capdemunt* ja || ② El testimoni no presenta variants ❧ TESTIMONIS POSTERIORS: Ø

EL PI

La meva entranya, pi vell de la serra,
més et desitja que el roure i el llor,
oh l'esvinçat en un gep de la terra
pel vent rogent, el vent blau, el vent d'or!

Ton lloc envejo i envejo ta guerra
quan, d'una vall que a la nit tota mor,
veig que no sé ni lliurar com desferra
a l'estelada llunyana el meu cor.

Prova d'esforç és la teva diada;
vibren ta rel i ta soca morada;
tes branques són com ocells que retens.

I l'entrellum de la posta et venera,
oh tu que portes la rama lleugera
sobre la punta d'uns dits sangonents!

TEXT: P 522 ❧ TESTIMONIS ANTERIORS EN LLIBRE: ① BeT 35 ‖ ② BeT² 34 ‖ ③ Arb 6 ‖ APARAT GENÈTIC: ① ② Sense esp. estr. ‖ **1** *La vida mia,* pi BeT ‖ **2** et *cobeja* que el ª *llor:* ‖ **3-5** *ets envoltat, fins junyint-te a* la *terra,* | *de nuvolades rogenques i d'or.* | *¡Jo també sent el daler que s'aferra* ‖ **6** *a ço que fuig,* que *traeix i que* m. ‖ **7** *per oferir com sagrada* d. ‖ **8** a *una estelada* llunyana *mon cor!* BeT², a *les estrelles divines el cor!* BeT ‖ **9-11** *Dura és la terra que et dóna abrivada;* | *la teva soca, d'esglai és* m. | *par ton brancam esqueixat en els vents.* ‖ **12** I *mon amor en* la ‖ **13** la *copa* l. ‖ **14** sobre *una destra de* dits s. ‖ ③ **2** roure *o* el l. ‖ **6** que *de* nit ‖ **9** *Proves* d'esforç *t'han donat abrivada;* ❧
TESTIMONIS POSTERIORS: Ø

LA FIGUERA

Dónes, figuera, quan l'aire rutila,
bosses de mel a l'amic i a l'estrany;
mar, casa i horta coneix i vigila
la teva soca de pell d'orifany.

Has vist Adam, fill rebel de l'argila,
l'àngel irós i el seu mal averany;
i si Jesús maleí fora vila,
erma de fruits, la figuera d'antany,

ara, en abril, quan és gerda la brossa,
Qui ve de vèncer la mort en sa fossa
a tu decanta la mà transparent,

i verdes flames encara desnia
en cada branc que l'hivern abaltia,
oh canelobre del Vell Testament!

TEXT: P 523 || ESMENES: **5** *vist,* [vist mcsArb Arb] || **10** *fossa,* [fossa mcsArb Arb] ❧ TESTIMONIS ANTERIORS EN LLIBRE: ① BeT 15 || ② BeT^{2} 15 || ③ Arb 8 || APARAT GENÈTIC: ① ② Dedicatòria: *A Llorenç Riber* || Sense esp. estr. || **1** figuera, *a* {*l'estiu*}{*l'istiu* BeT} *que rutila* || **2-3** *llaminadures i l'ombra i el guany;* | *¡oh quina cosa més bella i tranquila* || **4** *d'orifany!* || **5** *Veres* Adam, *nat* rebel || **6** l'àngel *irat* i || **7** i *quan* Jesús *et trobà* fora *vila* || **8-14** *eres ja seca, sibil·la* {*d'antany.—*}{*d'antany.* BeT} | *Arbre tot ple d'oriental* {*fatiga,*}{*fadiga,* BeT} | *¡oh canelobre de la Llei* {*antiga,*}{*Antiga,* BeT} | *que avui et rigui* {*l'amor meva*}{*mon amor* BeT} *un poc!* | *Puix de la negra sepultura enfora* | *Jesús, vestit d'abril, passa a ta vora* | *i encén la verda flama en cada broc.* || ③ **6** *averany,* ❧ TESTIMONIS POSTERIORS: Ø

L'OLIVERA I L'ASE

Ase fermat a la pia olivera,
arbre suau, animal entenent.
L'arbre, en sa gran velletat juganera,
riu a la casa i al negre torrent.

L'ase, cansat, ja no frisa, ni espera
el déu antic, coronat de sarment.
Sona son bram per la torta sendera
com una deixa del mort Orient.

Sou dos presents de la terra sagrada
on neix l'Aurora que escampa rosada,
oh monuments d'aqueix tendre tossal!

Ase profètic que un rústic adversa,
arbre polit, amb posat de conversa,
ve el vostre argent d'una pols immortal.

TEXT: P 524 ❧ TESTIMONIS ANTERIORS EN LLIBRE: ① BeT 36 || ② BeT[2] 35 || ③ Arb 7 || APARAT GENÈTIC: ① ② Títol: «Secular» || Dedicatòria: *A Carles Cardó* || Sense esp. estr. || **2** *entenent:* BeT[2], arbre *dolcíssim i bèstia entenent:* BeT || **3** *l'arbre és subtil,* velletat j. || **4** *dolça del nombre de dies que sent.* || **5** *L'ase cansat* ja no {*frisa*}{*guaita* BeT} ni *espera:* || **6** *i era, fa segles, august i retent!* || **7** bram *en la tarda lleugera* || **10** que *du la* r. || **11** *d'aquest* || **12** Ase *fermat a la pia olivera,* || **13** *polit que cap vent exaspera,* || **14** *és* vostre argent *una* pols i. || ③ El testimoni no presenta variants ❧

TESTIMONIS POSTERIORS: Ø

VERGER

I

CADA COSA EN SON LLOC

Les coses que vaig plantar
comencen llur floridera;
cadascuna florirà,
cadascuna a sa manera,
l'ametller mirant la mar,
al mig d'un prat la pomera,
pereres al fons d'un hort,
magraners al cap de l'era.

TEXT: P 525 ❧ TESTIMONIS ANTERIORS EN LLIBRE: ① CoQ 14 ‖ ② Arb 9 ‖ APARAT GENÈTIC: ① Títol del grup de poemes: «Fruiterar florit» [CoQ 14-18] ‖ **1** que *jo he plantat* ‖ **4** *manera:* ‖ **5** l'ametller *vora* la m. ‖ **7** *la perera* al ‖ **8** *el magraner prop d'una era.* ‖ ② El testimoni no presenta variants ❧
TESTIMONIS POSTERIORS: Ø

II

LES FLORS DE L'ALBERCOQUER

L'albercoquer tota sa flor lliurà.
És d'una pal·lidesa mig rosada:
d'una color de noia abandonada
que somiï un besar.

TEXT: P 526 ❧ TESTIMONIS ANTERIORS EN LLIBRE: ① CoQ 15 || ② Arb 10 || APARAT GENÈTIC: ① Títol: «Les flors de l'aubercoquer» || **1** *L'aubercoquer totes ses flors badà:* || **2** *rosada,* || **3** *del color de la* noia a. || **4** que *somia* un b. || ② **1** flor *badà.* ❧
TESTIMONIS POSTERIORS EN LLIBRE: Ø

III

CADA U AL SEU ESTIL

Aquest presseguer florit,
aclofat, massa guarnit,
hores mata contemplant-se.
Menys badoc el cirerer,
alt, empolsat i lleuger,
no pensa sinó en la dansa.

TEXT: P 527 ❧ TESTIMONIS ANTERIORS EN LLIBRE: ① CoQ 16 || ② Arb 11 || APARAT GENÈTIC: ① Títol: «Cadascú té el seu estil» || **1** *florit* || **5** *empolvat* || ② **5** *empolvat* ❧
TESTIMONIS POSTERIORS: Ø

IV

EL PRESSEGUER AMAGADÍS

Cobert d'un ròssec de boira,
captiu d'un penyal forcat,
de les velles oliveres
darrere el vel agrisat,
un presseguer, tot florida,
fonedís fa el seu esclat —
com el fi, furtiu incendi
d'una breu felicitat.

TEXT: P 528 || ESMENES: **4** *darrera* ❧ TESTIMONIS ANTERIORS EN LLIBRE: ① CoQ 17 || ② Arb 12 || APARAT GENÈTIC: ① **1** *Cofat* d'un ròssec de *bromes,* || **5** un *presseguer solitari* || **6** *mig amaga el doll rosat,—* || **8** *de la* breu f. || ② El testimoni no presenta variants ❧
TESTIMONIS POSTERIORS: Ø

V

CORRANDA

Vora les flors de prunera,
ventijol, passa més lleu:
són fetes de solcs de lluna
i d'enyorances de neu.

TEXT: P 529 ❧ TESTIMONI ANTERIOR EN LLIBRE: Arb 13 || APARAT GENÈTIC: El testimoni no presenta variants ❧
TESTIMONIS POSTERIORS: Ø

VI

SENYALS DE MARÇ

Hom veu la lluna, darrera
d'aquesta perera en flor;
cada flor de la perera
sembla una gota de plor.

Ve una donzella que espera
d'algun xiuxiueig el so:
molla de la llum lleugera,
a l'ombra demana un do.

Un núvol, que era dorment,
minva, esperonat pel vent,
i cap a la lluna trota.

Hom sent en l'aire embaumat
l'últim plany d'amor del gat
i el primer de la granota.

TEXT: P 530 ❧ TESTIMONIS ANTERIORS EN LLIBRE: ① CoQ 18 || ② Arb 14 || APARAT GENÈTIC: ① Sense esp. estr. || **1** *lluna* || **2** *de nostra* perera || **5** *Enllà una donzella* e. || **7** *lleugera* || **8** *s'inclina de l'ombra al* d. || **9** núvol, *ans prepotent,* || ② El testimoni no presenta variants ❧ TESTIMONIS POSTERIORS: Ø

VII

PRESSEGUER FLORIT

En el turó més petit
—on cadascú juraria
que entre l'oratjol destria
un bell presseguer florit—,

Venus fou visible als ulls
del merlot de la ribera;
allí s'ajustà, lleugera,
son cinyell o bé sos rulls.

Tocatardans la conversa
ens féu, i en ésser al turó
sobtem l'aparició
en el moment que es dispersa.

TEXT: P 531 ❧ TESTIMONIS ANTERIORS EN LLIBRE: ① CoQ 20 || ② Arb 15 || APARAT GENÈTIC: ① **1** *Damunt aquest greny* p. || **2** —on *nostre esguard* j || **6** *ribera:* || **7** *aquí* s'ajustà, l. || **10** *feu;* || ② El testimoni no presenta variants ❧

TESTIMONIS POSTERIORS: Ø

VIII

ARBRISSONS D'AHIR

Ai arbrissons d'ahir, com tenderols
de fades, trèmuls de florides albes!
Enamoràveu recs i corriols,
gais sobre el fons de les muntanyes malves.
Ara cauen les flors en remolí;
i tot dient: —Trobéssim el camí
que ens menés, aire amunt, al jorn d'ahir!—
per terra moren llurs veuetes balbes.

TEXT: P 532 ❧ TESTIMONIS ANTERIORS EN LLIBRE: ① PrP 4 || ② Arb 16 || APARAT GENÈTIC: ① Sense títol || **3** *Les flors cantaven lleu als oratjols* || **4** *damunt* el ~ *malves:* || **5** *el vent ara en fa neu* en *remolí.* || **5-6** Amb esp. estr. || **7** ens *tornés, reculant,* al jorn *d'ahir!—,* || ② Títol: «Arbrissons d'ahir...» ❧
TESTIMONIS POSTERIORS: Ø

ACÀCIES, POMERES

Acàcies, pomeres, van perdent
la florissalla; curta vida
passà la neu flairosa dels arços del torrent;
la murtra, d'un sospir, és consumida.

I llisca tot l'encís i l'entrellum que es fon
de Resurrecció fins a les clares portes,
dins l'invisible riu per on
van al somrís de Déu les primaveres mortes.

També el meu serrament de cor i ma recança
faran llur via a aquell jardí secret
on el sadoll mai no s'atansa,
on sols el decebut és satisfet,
on la final embosta curulla l'incomplet.

Les que no mai nasquéreu en nius desgavellats
per urpes de milanes o vents arremorats,
allà viureu, oh merles, oh cardines!
Les glans caigudes a camins fressats
es tornaran, més belles que les del món, alzines.

TEXT: P 533 ❧ TESTIMONIS ANTERIORS EN LLIBRE: ① PrP 18 ‖ ② Arb 17 ‖ APARAT GENÈTIC: ① Sense títol ‖ **2** florissalla; *vida curta* ‖ **3** *gaudeix* la ‖ **4** *un sol sospir corrugarà la murta.* ‖ **6** *resurrecció* ‖ **9** *I el meu estrenyiment* de ‖ **10** *també fan* via ‖ **12** *satisfet* ‖ **13** *i una* final ‖ **14** nasquéreu *als* nius d. ‖ **16** *cardines;* ‖ **17** *i els pobres glans corcats* ‖ ② **14** nasquéreu *als* nius d. ‖ **17** *i els pobres glans corcats* ❧
TESTIMONIS POSTERIORS: Ø

polimetria: metres en esquemes d'invenció pròpia.

parla de la tardes
ambientació nocturna.
presència mort.

LA FULLA

Era alta nit, i d'un posat
esquerp. Enfora de ciutat,
jo anava dins
un carreró ple de jardins
i de casetes ben barrades.
Alçava l'aire en remolins
les polsegueres malmenades.

En el començ del carreró
hi ha un gran barranc (de nit, fa por)
amb una arbreda espesseïda,
i a l'altra banda una paret;
i, mig perdut, un fanalet
sobre el barranc, que plora i crida.

Dalt del carrer hi ha la muntanya
(de nits tan alta, tan estranya).
Si hom es gira, com desfent
el seu camí, veu en el vent
les llegües llargues, inhumanes,
i, al lluny de tot de les afraus,
les llumenetes ciutadanes,
com llantions de tantes naus.

I en un topant de l'alta nit
dequeia el vent. I, tot seguit
que es féu sospir dins sa capulla,
per un refrec gentil, pausat,
jo vaig sentir que al meu costat
feia camí una fulla.

¿D'on va venir?
Mai no ho sabré.
Faig una passa en el camí,
i ella també.

Si m'aturava a mig carrer
ja no sentia el frec lleuger;
tant desitjà, sempre a la saga,
d'endevinar el meu grat,
que em veia en dubte i ja, manyaga,
va anar alentint-se al meu costat.

Era una fulla vermellenca,
potser emmenada del seu branc
quan el ponent féu esvoranc
en l'alta arbreda tardorenca;
potser caiguda, un poc llamenca,
quan s'esvaí l'última llenca
d'un núvol rosa, abans de sang.
Potser va caure per malalta,
potser per viure entre la gent,
potser amb l'afany d'ésser més alta
si la prenia un cop de vent.

Volgué lliurar-me —¿gosaria?—
algun secret, amb dolç desmai;
i començava, i li dolia,
sens mai atènyer el seu esplai.
Dir-me'n un mot volgué debades
en el cabdell de les ventades
i els cruiximents de tot arreu:
quan em parava a oir-la sola,
era encongida la fullola,
tota poruga i sense veu.

En obrint jo la meva porta,
empesa enllà, la fulla morta
no va conèixer el meu llindar.
Vaig mirar enfora ans de tancar,
a poc a poc movent la porta...
I perdé el vent el seu braó.
I, dins ma cambra, bella estona,
sense delit de cap claror,
era ma pena pariona

d'aquella invàlida negror.
Entre les mans caigué mon rostre
en mai no vista solitud.
Oh quin ofec, parets i sostre,
igual que fustes d'un taüt!

I vaig sentir de mica en mica
l'ombra que es mou, la que somica
en els topants adés quiets.
I van sonar dolços retrets;
me'ls feien cares blanques, fines,
nimbades per la mort,
amb un secret a flor de nines
que no trobà conhort,
car, escampades, les havia
deixat en l'aire condormit,
per cansament, barroeria,
oblit o pressa, dins la nit.

Quin greu d'haver-te desatesa,
oh fulla, dins la feredat!
Que no em castigui l'escomesa
d'un record teu enverinat
en l'últim freu de la tristesa
quan seré jo fulla malmesa
en l'hora sense pietat!

TEXT: P 534 ❧ TESTIMONIS ANTERIORS EN LLIBRE: ① OrC 1 || ② SLF 21 || ③ Arb 18 || APARAT GENÈTIC: ① ② **6** *Hom veia* {*trème,*}{*tremé,* sic SLF} en *remolins,* || **10** *espesseïda;* || **11** *a* l'altra *banda,* una *paret,* || **12** *fanalet,* || **18** *llegües desertes,* {*inhumanes;*}{i. OrC} || **20** *ciutadanes* || **22** I *ve't aquí que en* l'alta n. || **23** *el vent dequeia.* Tot s. || **24** es *mig posava la* c. || **29** *Jo poc ho sé.* || **30** *camí* || **32** *carrer,* SLF || **33** *lleuger:* SLF || **34-37** (34-38) *que cada cop, la dolça esclava,* | *tan desitjava* | *mes passes encertar,* | *que, quan encara jo dubtava,* | *ella devia endevinar.* || **37-38** (38-39) Sense esp. estr. || **39** (40) potser *esqueixada de son* b. || **40** (41) el *ventot* féu e. || **42** (43) caiguda, *mig* l. || **43** (44) *veient al cel* l'última l. || **44** (45) núvol *roig, color* de s. || **45** (46) *malalta;* || **46** (47) *gent;* || **47** (48) *de ser* || **48** (49) si *se l'enduia* un || **49** (50) *Volia dir-me, tota pia,* || **50** (51) *desmai:* || **51** (52) *gosava un poc, i se'n* d. || **52** (53) *i així restava a mig* e. || **53-54** (54-55)

Volgué dir coses ignorades | *mig* {*escondida,*}[*escondida* OrC} *entre ventades,* || **55** (56) *planys i cruixits* de || **56** (57) quan *jo* em || **57** (58) *llavors restava,* la f. || **59** (60) *Quan vaig obrir* la || **60** (61) *la pobra fulla ja era morta:* || **61** (62) conèixer *mon* l. || **62** (63) *enfora; vaig tancar.* || **63-64** Ø || **65-68** (64-67) *I, en la cofurna, llarga estona* | *vaig ésser esmaperdut,* | *com si em garfís una pregona* | *inconeguda solitud.* || **69-71** (68-70) *Vaig seure las, caigut el* {*rostre.*}[*rostre:* OrC} | *Perdent la llur consuetud,* | *com m'ofegaven murs* i *sostre!* || **72** (**71**) *taüt.* || **73-75** (72-75) *Ma vida es feia ben pobrica.* | *Però em voltà, de mica en mica,* | *una planyívola musica* | *dels recons negres i quiets,* || **76** *i vaig sentir* dolços *retrets:* || **78** *de gent llevada per la mort,* || **79** secret *dintre llurs* n. || **80** *conhort;* || **81-82** *i lluny restaren de ma via,* | *que vaig deixar-los per neguit,* || **85** *greu,* || **86** *fulla!,* || **87** castigui *amb sa escomesa* || **88-89** *el teu record, tot agreujat,* | *quan cerqui esplai en ma tristesa,* || **90** quan *sigui* jo || **91** *pietat.* || ③ **18** *llegües* llargues, i. || **37** *es ralentia* al || **49** *Volia dir-me* —g. || **72** *igual que d'un taüt!* [sic] ❧

TESTIMONIS POSTERIORS: Ø

EL FULLAM DE L'ÀLBER

El Riu brillant, la Prada repintada
contemplen, Àlber, ton fullam joliu.
—És verd —ha dit la teva mare Prada.
—Oh, no, d'argent —ha dit ton pare el Riu.

TEXT: P 535 ❧ TESTIMONIS ANTERIORS EN LLIBRE: ① Mon 22 || ② Arb 19 || APARAT GENÈTIC: ① 1 Riu *d'argent,* la Prada *esmeragdada,* || **2** *oviren, alba,* || **3** *Prada* [sic] || **4** *—No, que es* d'argent— || ② El testimoni no presenta variants ❧
TESTIMONIS POSTERIORS: Ø

OM FLORIT

Les serres estrenaven avui faldilles blaves;
de resurrecció dringava el lloc humil.
Enmig de riu i cel, que llum no regalaves,
flor radiant de l'om contra l'atzur d'abril!

TEXT: P 536 ❧ TESTIMONIS ANTERIORS EN LLIBRE: ① PrP 14 || ② Arb 20 || APARAT GENÈTIC: ① Sense títol || **1** *estrenaren* || **3** *¡Enmig* ≈ *que* [sic] || **4** *l'om,* || ② **3** *¡que* ❧
TESTIMONIS POSTERIORS: Ø

FLORA URBANA

I

Baladre del jardí de la ciutat,
baladre,
fa mal als ulls l'esclat desesperat
de ta florida:
l'esclat rosat,
endiumenjat,
que en l'hora crua de la tarda
(amb pols dominical i una sentor marina)
ha vist, enllaçador de la cuinera
bovina,
el soldat groc i blau,
menjataronges i babau,
o passar el brètol del piano de maneta,
baladre,
amb mocador vermell i amb ulls de lladre.

II

Palmera, ací veïna de la mar
i la trompeteria militar,
palmera
daurada, empolsegada;
com una mà de músic, ta branca, tota dits,
polsa les cordes de la marinada.

Oh tu, l'enamorada
de l'esclat de la llum, oh tu, vinguda
del marge dels deserts!
Ja adores, feta a la ciutat, la pressa,
el desig, el càntic divers;
i penses, quan una ombra fatídica es congria,
en l'atuït, en l'acaçat, en qui somia.

Manat de bells trofeus, ¿qui n'ornaràs un dia?

III (parla dels plataners)

Oh plàtans, aigua i vent, sol i matí,
plàtans que feu, secretament, juguesques
sobre aquesta ciutat i el seu destí,
i empareu el renou, l'anar i venir,
amb moviment de fulles fresques!
Per al cansat desfici i els pensaments novells
ens heu armat una rodona d'ombra,
al peu de la capçada
per on dringa la llum en cascavells;
palaus de l'ocellada,
recer del cor planyent, dosser del cor feliç,
plàtans germans dels de les fonts i carreteres
amb una mica de París.
Encara, enfront d'alguna casa més antiga
que, bell punt les muralles arranades,
bastís un botiguer,
recordareu unes estrofes
de Víctor Balaguer;
jo sé que, de vegades, penseu, mig enyorívols,
en aquells bons fanals de gas,
en dames agençades
amb mànigues inflades
i el maniguet i la capota amb llaç,
en senyors de copalta per tot dia
i en més de quatre decidits obrers
que murmuraven, de catxutxa i brusa:
—Ja tinc estalvis per a tres telers—.
Heu vist coristes de Clavé fent barricades,
governadors anant als Jocs Florals,
l'enginy de dinamita dels nous Savonaroles
i l'ert silenci de les vagues generals.
I, mentrestant, sentíeu la conversa
dels qui volien, contra un fat esquerp,
polida la ciutat com una lira,
en goig de nova majestat el verb.
I, posat que tornéssim a fretura,
l'afany destriaríeu que innomenable dura

en la veu baixa i el reüll.
Nosaltres i vosaltres, en una ardent espera,
descomptaríem una remor tota lleugera:
la sort que gira full.

IV

Pinet rodó de la muntanya urbana,
pinet rodó
que protegeixes les berenes clares
i que innocent empares
la tèrbola cançó
i dónes un present de verda fulla estreta
al vagarívol i al poeta,
i veus, de nit,
la rosa mig desfeta sota el pit
d'enamorada modisteta;
pinet rodó de la muntanya urbana,
pinet rodó, tot flairadís,
és un puntal ta soca
per a qui llisca en el pendís;
prop la drecera, que descolga
la teva rel, lliures pinassa a un fogueró;
i al sol ponent dius ta quieta oració,
tu, ficat a l'afrau entre la colla,
o bé en reng de carena, fent fistó.

V

Acàcia, l'acàcia
de bola, sense gràcia
per a ningú, llevat de mi,
tímida embosta fresca, guarnidora
d'estacions polsoses i jardinet mesquí,
suau penjoll i remoreig de seda
en el meu vell carrer de Sarrià
que fina a la muntanya

i on, negra nit, ningú no va.
Vaig haver esment d'aquest perfum de ton fullatge
quan, en l'edat primera,
la verda tofa va donar-me ombratge
en l'eixida amb clavells i una pensamentera;
fou enmig de ton verd, al sol d'estiu,
que em féu goig i temença el primer niu.
I de llavors ençà que em plau ta gràcia,
rodona, rossa, repetida acàcia,
tu que em parles encara de la sesta
rural i la requesta:
—¿Qui em lloga una tartana?— pels carrers
flairant a poma, a palla i a cellers.
I a tu, que eres plantada
davant del meu balcó,
i al bat lleuger de l'aire que tos serrells hi duia
no hi veies cap florida, cap brotó,
jo, per delit de ta remor tan fina,
vaig posar-te a l'abast, com correspon,
un test mig esquerdat amb una clavellina
saltant enfora com un doll de font.

TEXT: P 537 ‖ ESMENES: **II.10** *ja* ‖ **V.4** *fresca.* [fresca, mcsArb Arb] ❧ TESTIMONIS ANTERIORS EN LLIBRE: ① BeT 53 ‖ ② BeT^{2} 52 ‖ ③ Arb 21 ‖ APARAT GENÈTIC: ① ② **I.3** (3) ulls *el violent esclat* ‖ **I.8** (8) *—encara no* {*divina—*}{*divina,—* BeT} ‖ **I.9** (**9**) *vist com seduïa a* la c. ‖ **I.10** (10) *bovina* ‖ **I.11** (11) *blau* ‖ **I.12-13** (12-13) *menjador de taronges i babau* | *o el minyó del piano de maneta,* ‖ (15-16) Sense esp. estr. ‖ **II.1-3** (16-17) *Palmera del passeig de la ciutat,* | *palmera* ‖ **II.4** (18) *esvelta i empolsada;* ‖ **II.5** (19) *quiscuna de tes fulles té un moviment de dits* ‖ **II.6** (20) *per anar afalagant* la m. ‖ **II.7-14** (21-31) *Pobrissalla colrada* | *—dones ventrudes, homes* {*revellits—*}{*revellits,—* BeT} | *en* {*les hores roentes*}{*tes ombres moventes* BeT} | *es parlen en renecs o a les palpentes.* | *La confosa immundícia* | *del port és llur país:* | *de la ciutat no saben el somrís,* | *ni de son pàl·lid dol* | *la meravella...* | *Tenen son i pruïges sota el sol* | *que els estabella.* ‖ **III.1-41** Ø ‖ **II.14-IV.1** (31-32) Sense esp. estr. ‖ **IV.3** (34) *clares,* ‖ **IV.4** (35) innocent *escoltes* BeT ‖ **IV.5** (36) la {tèrbola}{*impúdica* BeT} *cançó,* ‖ **IV.6** (37) un *trofeu* de verda *agulla* e. BeT^{2}, *i dónes un trofeu de ton brancam* BeT ‖ **IV.7** (38) *a l'entremaliada tartaneta,* ‖ **IV.8** (39) *veus* ‖ **IV.9-10** (40-42) ‖ *el pèrfid dependent collir enardit* | *la rosa ja baldera que du al pit* | *la modisteta.* ‖

IV.12 (44) rodó, *ben flairadís:, flaradís:* sic BeT ‖ **IV.13** (45) un *ajut* ta s. ‖ **IV.14** (46) per *qui va a caure en el llisquent pendís;* ‖ **IV.15** (47) *prop la drecera que ta rel desnia* BeT^{2}, BeT Ø ‖ **IV.16-17** (48-49 BeT^{2} 47-48 BeT) *dónes pinassa per un foguero, | dius a sol post quieta oració,* ‖ **IV.18-19** (50-52 BeT^{2} 49-51 BeT) {*pinet,*}{*però mai creixeràs,* BeT} *pinet rodó,* | {*tu que dels teus amb la companyonia*}{*que amb els teus camarades* BeT} ‖ *fas damunt la carena de fistó.* ‖ **V.1** (53 BeT^{2} 52 BeT) *Acàcia humil, acàcia* ‖ **V.4-5** (56-57 BeT^{2} 55-56 BeT) *tan resignada a* {*estacions polsoses*}{*les estacions* BeT} | *i al jardinet mesquí,* ‖ **V.6** Ø ‖ **V.7** (58 BeT^{2} 57 BeT) *tu ets al meu* carrer de *Sarrià,* ‖ **V.8** (59 BeT^{2} 58 BeT) *muntanya,* ‖ **V.9** (60 BeT^{2} 59 BeT) i *a on, de* nit, ‖ (61-65 BET^{2} 60-64 BET) P Arb Ø *I jo passo davall de les atapeïdes* | {*menudes tofes*}{*tofes d'acàcia* BeT} *sense gràcia;* | {*llavors, humil acàcia,*}{*i, acàcia humil, llavores* BeT} | *del caminar viril* | *perdo la gaia audàcia,* ‖ **V.10** (66-67 BeT^{2} 65-66 BeT) *i em recordo de quan* | *sentia aquest mateix perfum de ton fullatge;* ‖ **V.11-13** (68-70 BeT^{2} 67-69 BeT) *era en eixir de l'era, tot infant,* | {*anant feliç*}{*anant* BeT} *a aquella* {*eixida*}{*eixida tota* BeT} *rònega* | *del veïnatge:* ‖ **V.14** (71 BeT^{2} 70 BeT) verd, *espès i viu,* ‖ **V.15** (72 BeT^{2} 71 BeT) *on em vaig adonar del* primer n. ‖ **V.16** (73 BeT^{2} 72 BeT) *Per mon cor enyorívol, bé tens* g. ‖ **V.17** (74-75 BeT^{2} 73-74 BeT) *oh acàcia* | *de bola;* ‖ **V.18-21** (76-78 BeT^{2} 75-77 BeT) *mirant-te, coses sacres del món endevinava,* | *quan* {*no em tenia encar la tarda blava*}{*jo encara no anava* BeT} | {*desat en una*}{*a* BeT} *escola.* ‖ **V.22** (79 BeT^{2} 78 BeT) *I a tu,* {*la tan rodona*}{*rodona acàcia* BeT} *que ets plantada* ‖ **V.23** (80 BeT^{2} 79 BeT) davant *el* meu b. ‖ **V.24-27** (81-85 BeT^{2} 80-84 BeT) *no et faré presentalla* | *gens sobirana, que et faria* {*por,*}{*por:* BeT} | {*deixaré*}{*posaré* BeT} *a la barana* | *d'on ets* {*veïna*}{*veïna,* BeT} | *¡perquè et faci costat!—* ‖ **V.28** (86-87 BeT^{2} 85-86 BeT) *un test mig esquerdat* | *amb una clavellina* ‖ (88 BeT^{2} 87 BeT) P Arb Ø *que amb el rafal s'abrigui,* ‖ **V.29** (89 BeT^{2} 88 BeT) *i salti* enfora ≈ *font* ‖ (90 BeT^{2} 89 BeT) P Arb Ø *i rigui.* ‖ ③ (**II.7/9**) ¡Oh / *deserts,* [sic] ‖ **III.33** dels *que* volien, ‖ **III.37** l'afany *veureu que innomenable dura* ‖ **IV.14** en *un* p. ‖ **IV.18** tu, *baixant per* l'afrau ‖ **IV.19** o *en rengle* de ❧

TESTIMONIS POSTERIORS: Ø

TRES ARBRES

L'ENAMORAT

Com que vas enamorar-te
de la font, arbre del pont,
com que vas enamorar-te,
i ella et cerca i se't compon,
ara, el cel, només el mires
en l'ull tendre de la font.

TEXT: P 538 ❧ TESTIMONIS ANTERIORS EN LLIBRE: ① CoQ 43 ‖ ② Arb 22 ‖ APARAT GENÈTIC: ① Títol del grup de poemes: «Cançons de llogarret» [CoQ 43-46] ‖ Títol: «Idil·li» ‖ **1** *D'ençà que va enamorar-se* ‖ **2** *font l'arbre* del p. ‖ **3** *d'ençà que va enamorar-se* ‖ **4** *i la font li correspon,* ‖ **5** *que ell* el *cel* només el *mira* ‖ **6** l'ull *suau* de ‖ ② **3** *enamorar-te* ❧ TESTIMONIS POSTERIORS: Ø

EL CREIENT

Si vora l'ermita en runes
cau la rosa amb molt de greu,
si vora l'ermita en runes
ja no va l'ocell romeu,
un xiprer, callat, s'espera
per si hi tornen a alçar Déu.

TEXT: P 539 ❧ TESTIMONIS ANTERIORS EN LLIBRE: ① CoQ 46 || ② Arb 23 || APARAT GENÈTIC: ① Títol: «El pacient» || **1** *Devora* l'ermita || **2** *plora un fontinyol tot breu;* || **3** *devora* l'ermita || **4-5** *no hi ha cap ocell romeu;* | *però el xiprer s'hi espera* || **6** per *si* tornen || ② El testimoni no presenta variants ❧
TESTIMONIS POSTERIORS: Ø

L'ORGULLÓS

Dalt de tot de la muntanya,
sol, hi ha un pi de vell brancam,
dalt de tot de la muntanya,
vencedor d'aquell rocam.
I menysprea vent i anyades:
morirà només d'un llamp.

TEXT: P 540 ❧ TESTIMONIS ANTERIORS EN LLIBRE: ① CoQ 44 ‖ ② Arb 24 ‖ APARAT GENÈTIC: ① **2** *brancam;* ‖ **4** *i és més fort que el roquissam,* ‖ **5** menysprea *el vent i l'àguila:* ‖ **6** *sap que ha de morir* d'un l. ‖ ② El testimoni no presenta variants ❧
TESTIMONIS POSTERIORS: Lli 3

FIDELITAT

Un salze vell aquesta riba empara
tot dolençós de l'aire que el despulla;
ja, malmenat pel vent, s'acaramulla
el trist fullam vora la soca mare.

Vindran els dies de delit encara;
bé li ho prediu en la més fina agulla
del seu brancatge, vora el cim, la fulla
que hi menyspreà la rufagada avara.

Car si llarga com mai la nit davalla,
la fulla, l'encongida romanalla,
fins quan, punyent, el gebre la trastoca,

parla d'una futura revifalla
amb veu poruga, a cada instant més poca:
i, tot finant, rejoveneix la soca.

TEXT: P 541 || ESMENES: **11** *quan* ❧ TESTIMONIS ANTERIORS EN LLIBRE: ① Mon 17 || ② Arb 25 || APARAT GENÈTIC: ① **1** *Sàlzer d'aquesta vida: desiara* || **2** *has gemegat* de l'aire que*'t* d. || **3** *mes, arrencat i tot,* s'a. || **4** el *teu* fullam || **5** *Si vols un bell conortament encara,* || **6** *vès que romàn* en || **7** *de ton* brancatge, *una migrada* f. || **8** que *no tolgué* la *rufacada* a. || **9** *Y si a pleret la fosca* nit d. || **10** fulla, *graciosa* r. || **11** *quan la gebre aguda* la t. || **13** *a la mare sublim que s'enderroca:* || **14** *que així amb sa veu* rejoveneix || ② **1** *empara,* || **11** *quan la gebre aguda* la t. ❧ TESTIMONIS POSTERIORS: ToA 54

pesonificació d'una fulla
presència de la mort
Sonet

LA MÉS ALTA

Del cel em peixen les rosades blanes,
jo tinc l'amor del ventijol més franc
i veig l'alba primer que mes germanes:
só la fulla més alta d'un pollanc.

Sola dansant en mes diades vanes,
de mes germanes he traït la sang:
em són llurs vagaries tan llunyanes
com l'ull negre del pou i el núvol blanc.

Tu, vell Destí, que tan soberga em feres:
que a les ratxades tardorals primeres
caigui del cim de mon etern abril,

vegi el fullam que canta i s'esgarria
i cada giravolt de ma agonia
sigui el salut a una germana humil.

TEXT: P 542 ❧ TESTIMONIS ANTERIORS EN LLIBRE: ① PaV 28 || ② Arb 26 || APARAT GENÈTIC: ① Sense esp. estr. || **3** *l'auba* || **5** *Però si visc de gracies sobiranes* || **6** *sang,* || **7** *i* em són *les seves joies* tan l. || **8** com *la frisança d'un bell astre* b. || **9** *O* vell Destí, *soberguejanta* em *feres!* || **10** *Mes a les ratxes* tardorals *primeres,* || **12** fullam *tot ple de melodía* || ② El testimoni no presenta variants ❧
TESTIMONIS POSTERIORS: Ø

DESMAI

L'arbre més dolç en cada primavera,
únic que besa el front del pensatiu,
el desmai de mil plomes, deixa caure
fines llàgrimes blanques en el riu.

Tot s'ha acabat, l'amor i les trescades.
Un núvol de rodones aflonjades
s'alça damunt del sot.
Quatre vespes, feixugues, s'arrosseguen
damunt la mel, ja tota minsa al pot.

TEXT: P 543 ❧ TESTIMONIS ANTERIORS EN LLIBRE: ① Llu 16 || ② Arb 27 || APARAT GENÈTIC: ① Títol: «Tardor» || **6** núvol *en* rodones *estufades* || ② El testimoni no presenta variants ❧ TESTIMONIS POSTERIORS: Lli 16

ARBRES A LA TARDOR

A cada marge hi ha la testa saura
d'un arbre trasmudat per la tardor;
sols vosaltres sou verds quan tot es daura,
pins de vellut, alzines de crespó.

Tu, vell pollanc, ¿on aniràs a raure,
balmat com ets i sense cap braó?
El primer cop de vent et farà caure:
ni t'orna el vesc ni llevaràs plançó.

També un jove pollanc fina prop teu:
l'heura l'enllaça, i el brancatge lleu
del nus d'amor no es gosaria extreure.

Quan l'arbre vell escalfarà mon peu,
el seu veí serà com un trofeu,
i tots diran: —Quina columna d'heura!

TEXT: P 544 ❧ TESTIMONIS ANTERIORS EN LLIBRE: ① PaV 46 || ② Arb 28 || APARAT GENÈTIC: ① **2** arbre *nu, tot bell en la dolô;* || **3** *se* || **4** *vellut i* alzines || **5** *raure;* || **6** *que ja ets baumat* i || **7** *Tot diu a ton voltant que tu has de* c. || **8** *ja no tens niarada ni* p. || **9** fina *aprop teu,* || **10** *l'enllaça; cada tija* l. || **11** *fina dins l'eura sens poder-se'n treure.* || **12** Quan *tu, vell arbre, escalfaràs* mon p. || **13** el *teu* veí ≈ *trofeu* || ② **11** gosaria *treure.* || **12** Quan *tu, vell arbre, escalfaràs* mon p. || **13** el *teu* veí ❧
TESTIMONIS POSTERIORS: Ø

LA FIGUERA DE PASSY

Abans no partissin d'allí,
la clau van dar-nos, per set dies,
de llur caseta de Passy,
amb vells gravats, un violí
i mobles d'avis i de ties.

En un carrer que fa pendent
la casa en bell ordre s'estén;
un freixe té i una figuera:
ella, davant, al sol batent,
ell, a l'obac, de part d'arrera.

Ella, damunt el graonat
de la peanya de l'entrada,
allarga palmells d'amistat;
cerca, i ho té mig abastat,
d'ornar el brancal amb sa brancada.

No pas lluny de la torre Eiffel,
el fruit del verger d'Israel
de fins llanguiments s'encomana:
poc té la sentor catalana
ni tant de color ni de mel.

És fill d'aquest sol sens verí
i un enaiguament Debussy.
En férem, però, bella estrena
un dia feixuc, a Passy,
a quatre gambades del Sena.

TEXT: P 545 || ESMENES: **9** *davant* [davant, mcsArb Arb] || **21** *sòl* [Nasqueren d'escalf massa fi mcsArb] ❧ TESTIMONI ANTERIOR EN LLIBRE: Arb 30 || APARAT GENÈTIC: **10** *darrera.* || **21** És *fruit* d'aquest ❧ TESTIMONIS POSTERIORS: Ø

ARBRE EN HIVERN

—A tu, sol, pur senyal, et vinc a veure,
arbre desert en angles dolorits;
mon pensament t'abraça com una heura.
¿Què diu ta saba en sos darrers glatits?

En va des que l'abril te'n donà lleure,
ple de garlandes per als gais sentits,
en ventalleig havies de distreure
nuosos braços d'incomptables dits.

I ara, ben erm, apars a qui et saluda
feix de serpents que brolla d'esvoranc.
I, sol en tu mateix, ni tens sabuda

que un formiguer t'ha socarrat el flanc,
ni que en la posta ardent, d'una batuda
la rufagada t'eixalés d'un branc.

—Mon cos fiblat, ma testa desguarnida,
em daran baume dolç de desesment;
del son profund d'on m'arrencà la vida
sento la calma delitosament.

Vingui la neu, on tot relleu s'oblida,
i l'alè de la boira, esborrament,
i la gelada en què faran dormida
el broll de l'aigua, els esperons del vent.

Que prou, amb goig de pletes i d'estables,
tornaran dies bells, inexorables;
i, l'erta saba esdevenint cançons,

daré, com mana la divina dèria,
en nou joc d'esperança i de misèria,
verda sang en ferides de brotons.

TEXT: P 546 || ESMENES: **1** *A* [—A Arb] || **14-15** Esp. estr. doble mcsArb ❧ TESTIMONI ANTERIOR EN LLIBRE: Arb 29 || APARAT GENÈTIC: **1** *tu* || **9** erm, *ets cosa vera i rude,* ❧
TESTIMONIS POSTERIORS: Ø

ELS NOSTRES PINS

I

Salut, oh pi de terra eixuta,
oh llaç, damunt la nostra ruta,
d'un aspre món i un cel serè!
Oh cos vermell, oh barba hirsuta,
fort, encirat com una fe!

Salut, oh pi de la carena,
dolç monument de l'horitzó;
salut, marina visió,
oh pi dels déus, fill de l'arena;

pi vigilant de les ermites,
entre una font i un vell pedrís;
pi suïcida que t'excites
tort, esglaiat sobre un abís;

pi que ets conhort per a les passes,
a mitjan rost, bell travesser;
pi que en el sot t'estiregasses
cap a la llum, com un xiprer;

pi casolà vora una eixida
que sents el cant dels reguerols;
pi dins la selva atapeïda,
alta cucanya d'esquirols;

pi contra vent, que no tens lleure
de pentinar ton front altiu;
pi decandit, negant-te en l'heura;
i el més sortós, tu que pots heure
cançons de font, cançons de niu.

II

Amic suau, d'aspres cabells!
Com savi antic dónes consells,
i, sumptuós com un califa,
et fas tot l'any una catifa
de tos mateixos pèls vermells.

Salut, oh pi de terra eixuta,
oh llaç, damunt la nostra ruta,
d'un aspre món i un cel serè,
oh cos vermell, oh barba hirsuta,
fort, encirat com una fe!

TEXT: P 547 || ESMENES: **I.19** *reguerols,* [*reguerols*, Arb reguerols; CoQ] || **II.2** *com* ❧ TESTIMONIS ANTERIORS EN LLIBRE: ① CoQ 11 || ② Arb 31 || APARAT GENÈTIC: ① **I.2** *lligam,* damunt || **I.4** *hirsuta!* || **I.5** *dura és ta rel,* com *nostra fe.* || **I.9** pi *menut de nostra arena;* || **I.10** pi *venerable a* les *hermites* || **I.12** pi *de malastre,* que t'e. || **I.14** conhort *de nostres passes* || **I.15** *en un pendís, nat* t. || **I.16** *t'estiragasses,* || **I.17** *per heure el sol,* com || **I.22** pi *esborifat,* que || **I.24** pi *sospirant, cenyit de* l'h. || **I.25** i *tu, el* sortós, *que puguis* h. || **I.26** *al peu la* font, *a dalt un niu!* || **II.2** *com* || **II.7** *lligam,* damunt || **II.8** *serè!* || **II.9** *hirsuta!* || **II.10** *dura és ta rel,* com *nostra fe.* || ② **I.12** *suïcida,* || **I.17** *tirant-te al sol,* com || **I.24** *negant-se* [sic] ❧ TESTIMONIS POSTERIORS: Lli 2

FULLES

I

PIETAT

A l'arbre hi ha una fulla que ja està a punt de caure
i l'últim raig del dia, que ho sap, encar la daura.

TEXT: P 548 ❧ TESTIMONIS ANTERIORS EN LLIBRE: ① OrC 18 || ② Pal 5 || ③ Arb 32 || APARAT GENÈTIC: ① El poema no forma part de cap grup || Títol: «Pietat de la natura» || **1** que *mig se'n porta l'aura,* || **2** ho *veu,* encar || ② El poema no forma part de cap grup || Títol: «Pietat.» || **1** *caure.* || ③ El testimoni no presenta variants ❧
TESTIMONIS POSTERIORS: Ø

II

LA FULLA MIRACULOSA

Sota d'un cel ple d'avalot,
de l'arbre d'or que s'exaspera
cauen tres fulles. La primera,
ella mateixa es colga al sot.
L'altra, amb mig cor de viure encara,
tresca una mica, de gairell.
I la darrera s'aclapara
un sol instant, i amb goig novell
la lassitud, la pols esquiva;
dreta s'encela, tota viva.
Poc era fulla, que era ocell.

TEXT: P 549 || ESMENES: **3** *primera* [*primera* VeE Arb] ❧ TESTIMONIS ANTERIORS EN LLIBRE: ① VeE 50 || ② Arb 33 || APARAT GENÈTIC: ① El poema no forma part de cap grup || **2** que *s'esparvera* || **5** *encara* || **6** *mica* || **7** *L'altra, però, tot just es para,* || **8** *amb un embat de* goig *novell,* || **9** *l'atuïment,* la || ② El testimoni no presenta variants ❧ TESTIMONIS POSTERIORS: Ø

III

LA FULLA NEGRA

Del llit estant veig la darrera fulla,
de branquillons en pena, ben amunt,
tota masec adolorit, joguina
de l'aire cellajunt.

Ella, però, de cama forta encara,
a mig aire en un món que s'enfosquí,
frisa d'algun afany en la tempesta
com un ocell marí.

I lluent de la pluja, feta esquinços,
frenètic funerari mocador,
espera, per a caure, la polsina
d'un matiner borró.

TEXT: P 550 || ESMENES: **1** *fulla* [fulla, VeE mcsArb Arb] ❧ TESTIMONIS ANTERIORS EN LLIBRE: ① VeE 51 || ② Arb 34 || APARAT GENÈTIC: ① **2** *dels* branquillons en *pena* || **6** que *s'ennegrí,* || **7** d'algun *delit* en || **11** *vol esperar, per* caure, || ② **2** *pena* ❧
TESTIMONIS POSTERIORS: Ø

IV

PLANYS

—Si jo volés! —la fulla va pensar.
—Au, volem! —diu l'ocell—. Què s'hi farà!

TEXT: P 551 ❧ TESTIMONI ANTERIOR EN LLIBRE: Arb 35 || APARAT GENÈTIC: El testimoni no presenta variants ❧
TESTIMONIS POSTERIORS: Ø

ODA ALS ARBRES DE LA RAMBLA

Temps era, bells arbres, temps era
que em dúieu en festa devora la llar,
oh honor de la Rambla, l'antiga riera
de totes les viles que miren la mar.

Oh soques lleument colorides,
a penes tocades per marca senil,
columnes lletoses no mai envilides,
i amb tons de mudances d'un dia d'abril!

Oh frondes que us féreu sagrades
temps ha vora l'aigua de trenes d'argent!
Avui ja propícies a un riu de gentades
veieu amb desesmes el núvol i el vent.

Oh fulles del plàtan, oh tendra
naixó quan l'anyada sospira i reviu,
rogents quan es colga l'octubre en la cendra,
parentes del pàmpol en hores d'estiu!

I, oh fulles, oh fulles del plàtan,
talment cadascuna més gran que la mà!,
quan ve la revolta dels vents que us rebaten,
amb folls i poetes correu a encaixar.

Oh feixos de branques sonores,
tot l'any amb la fressa de vius cascavells,
car fins quan arriben gelades aurores
us feu fonedissos dessota els ocells!

Ocells, infinita nació que juga,
amorosa, lladre, feta d'aire i foc,
tan àgil fins veure la Fosca feixuga
que envolta i apaga la imatge i el lloc!

Avui, món enllà de ma estada,
somio l'arbreda de l'or lliscadís,
amb trèmules tofes de verda estelada,
amb fosca i finestres, esclat i ombradís.

Oh guaites de veles i d'ones,
lleials a les cases i al patri costum,
als braços, encara, divines corones,
i, al seny, esperances negades en llum!

Serens al favor o a la injúria
del temps, us regala del dia el delit,
i en fi de vesprada sou alta boscúria
amb gran penjarella dels llums de la nit.

I per al desig ens oreja
el bres de les fulles, arreu sospirant,
que en lloc d'encauar-nos ens dóna l'enveja
de proes i d'ales, el lluny i el distant.

Perquè si la rama sensible
s'ajunta amb el nostre murmuri divers,
les rels bé penetren al llac invisible
de l'aigua que en cercles voltà l'univers.

TEXT: P 552 || ESMENES: **17** *I* [*I* Arb] || **18** *mà!* [*mà!* Arb] || **19** *Quan ≈ rebaten* [*rebaten* Arb rebaten, mcsArb] ❧ TESTIMONI ANTERIOR EN LLIBRE: Arb 36 || APARAT GENÈTIC: **27** *que eixorda* fins || **28** *mudant en desesma* la || **35** *corones* || **43** lloc *d'acasar-nos* ens ❧
TESTIMONIS POSTERIORS: Ø

L'ALZINAR I EL POLLANC

Un alzinar, tot negre en el matí
on s'arrossega un poc de boira morta,
en legió s'allarga, sense fi,
com l'amistat, aplegadissa i forta.

I a un llambregueig de sol, que vol i dol,
la fontanella riu en una prada,
i el fi pollanc devora un corriol
es torç com una dona enamorada.

TEXT: P 553 ❧ TESTIMONIS ANTERIORS EN LLIBRE: ① BeT 34 ‖ ② BeT^{2} 33 ‖ ③ Arb 37 ‖ APARAT GENÈTIC: ① ② **1** *Fa un poc de vent,* {*i*}{*mes* BeT} *l'alzinar diví,* ‖ **2** *negre davall una boirada* m. ‖ **4** *l'amistat que és aturada* i f. ‖ **5** I *més amunt hi ha un* {*llambregueig*}{*llambregar* BeT} *de sol,* ‖ ③ **1** *matí,* ❧
TESTIMONIS POSTERIORS: Ø

L'EUCALIPTUS DE QUARTO DEI MILLE

És un dia d'hivern sense malícies
i al meu davant, amb el seu or de mel,
omple un vell eucaliptus de carícies
tot un gran pany de cel.
I que coses mig vela, mig indica!:
el rengle de xiprers de més a baix,
una mica de mar, sols una mica,
lluent, dormida com un llangardaix,
les oliveres tan enriolades
com d'un bon acudit o una cançó,
les tres cases rosades
parlotejant-se al caire del turó,
la carretera —via del clergue, l'hortolana
i els tramviets curulls—,
i el pontarró del tren, que tot s'ufana
d'una dotzena d'ulls.

Quan el vent es rebat,
vibra la pols amb un xiulet allargassat
i cada porta sembla que a donar cops s'esbravi;
però el vell eucaliptus és un savi
no mai eixelebrat.
Per més que empenyi la ventada
no fa anar mai en doina tot el seu bell tresor;
a cada furiosa revolada
mou un floquet només de penjarelles d'or.

Així davant el tendre paisatge
arremorat a cops de vent,
l'arbre, senyal del meu estatge,
fa com una coqueta que, sempre obedient
al ritu sacre,
fins entre la revolta i el tropell,

mou ara el coll de nacre,
ara el peuet ensetinat i bell
o el dit amb un anell.

TEXT: P 554 || ESMENES: **5** *indica!* [*indica!* CoQ Arb] || **16-17** canvi de pàgina [canvi de pàgina CoQ esp. estr. mcsArb Arb] ❧ TESTIMONIS ANTERIORS EN LLIBRE: ① CoQ 19 || ② Arb 38 || APARAT GENÈTIC: ① **1** *malícies,* || **2** amb *son or fi* de m. || **5** *vela o* mig i || **6** *baix;* || **8** *llargandaix,* || **10** *amb llur petit argent bon companyó,* || **13** carretera *on llisquen el* clergue, l'h. || **14** *curulls,* || **17** Quan *passa el vent gosat* || **19** *s'esbravi,* || **21** *i no un* e. || **24** cada *revolada aferrissada* || **25-26** Sense esp. estr. || **27-28** *que ara agita un sobtat exaltament,* | *l'arbre que indica amb gest benèvol mon estatge* || **29** *és* com ≈ que, *en l'acompassament* || **30** *d'un* ritu s. || **31** fins *en jorn de* revolta i *de* t. || **32** mou ara el coll *on hi ha un fulgor de nacre,* || ② **5 17** Quan *passa el vent gosat,* || **25-26** Sense esp. estr. || **30** *sacre* ❧ TESTIMONIS POSTERIORS: Ø

Li serveixen per donar-li suport moral

ELS POLLANCS DE FRANÇA

versos decasíl·labs

Pollancs de la França devora els camins,
pollancs de les prades, pollancs dels jardins,
s'acosten, s'allunyen per cada costat,
n'hi ha que travessen o fan un quadrat.

És Déu qui els amoixa i és Déu qui els empeny:
tots duen un ordre, tots tenen un seny.
Cloent les quintanes hi serven tresors,
fent via amb qui passa li donen esforç.

Un d'alt s'encimbella, primer dels primers;
dos, febles, s'atansen i proven el bes.
D'obscura fontana tres miren el clot:
adoren la menta i el seu brumerot.

I tots, com la boira lleugers en el vent,
fan dolça la terra i el cel més atent
—la terra solcada d'ombreig benestant
i el cel, amb sos núvols de borra brillant—.
Triomf de l'altura, plaer d'un racó,
ells són sentinelles en tot horitzó.

I fins si la França fos tota pecat,
encar vetllarien l'honor del passat,
emblemes on frisen les velles virtuts,
més alts que les llances dels dies perduts.

I, amics graciosos del Somni Diví,
cada un serva un àngel que l'home traí,
i en rengs que s'adiuen com versos rimats
van junts a la missa i a fer de soldats.

TEXT: P 555 || ESMENES: **18-19** esp. estr. a **16-17** [18-19 esp estr mcsArb] ❧ TESTIMONIS ANTERIORS EN LLIBRE: ① CoQ 13 || ② Arb 39 || APARAT GENÈTIC: ① Sense esp. estr. || **1** *França, de vora* els c. || **2** *jardins;* || **3** *un* *rengle s'acosta i un altre ha marxat,* || **5** els *atura* i || **7** Cloent *la quintana* hi serven *tresors:* || **9** *d'alt,* s'encimbella, *del rengle desprès:* || **10** *febles* || **11** fontana *dos* miren || **16** amb *la mica* de *núvols jugant—.* || **17** *Honor* de || **23** *I ≈ Diví* || **24** que *l'hom defugí;* || **25** i *els arbres, per compte dels homes damnats,* || **26** *se'n van* a la missa i *fan* de s. || ② **9** s'encimbella, *del rengle desprès;* || **16-17** canvi de pàgina ❧

TESTIMONIS POSTERIORS: Ø

A UN CASTANYER D'ÍNDIA QUE FLOREJAVA

Salut, oh primavera tot d'un plegat,
salut, castanyer d'Índia, l'emplomallat,
pel goig de les aurores aviciat!

Quan de la minyonia tot just eixit
era enyorós de besos mon esperit
(les llangors eren dolces, dolç el neguit),

en temps que m'abellien, des d'un racó,
al pas de nau i núvol per l'horitzó,
corones sens reialme ni gonfanó,

jo de ta noble ufana desava al mig
un tresor, amaguívol a tot trepig,
sols hagut amb el somni i amb el desig;

i comiat prenia furtivament
esquivant amb cauteles de malfaent
la pressa i la cridòria de l'altra gent.

I torbaren mos dies seny malmirrós,
veu agra de la vida, reüll penós
i abraçada roïna de les lletjors...

Salut, oh primavera tot d'un plegat,
salut, castanyer d'Índia, l'emplomallat,
pel goig de les aurores aviciat!

D'una parença trèmula vaig fer-te do:
meravella impossible, veu sense so.
No l'he mai més haguda del ram en flor.

Aixopluc de mil gràcies que et fas tan bell,
sé que encar custodies en un ramell
l'esperança ventissa d'un cor novell.

Ara, doncs, quan es torna l'aire més fi,
d'aquell bé que em guardares dóna'm un bri:
o, saturn, em prendrien per mal veí
les parelles que passen pel meu camí.

TEXT: P 556 || ESMENES: **9** *gonfanó* [ganfaró, mcsArb gamfaró, Arb] TESTIMONIS ANTERIORS EN LLIBRE: ① VeE 19 || ② Arb 40 || APARAT GENÈTIC: ① Títol: «A un castanyer d'Índies» || **2** *d'Índies emplomallat,* || **3** *tendal de primavera blanc o rosat!* || **5** *somià pàl·lids* besos || **7-9** *i somniava gaudis sens parió:* | *la petjada de l'àngel on, perdedor,* | *toca el camí la fímbria de l'horitzó,* || Ø P Arb (10-12): *l'amor a dins un núvol del cap al tard,* | *rosades que em miressin com un esguard* | *i l'estranya nit blanca d'estel i nard,* || **11** (14) *mon* tresor, || **12** (15) somni *o* amb || **14** *i resignat creuava, distret i lent,* || **16** (19) I *els enemics tornaren:* seny *malmirós,* || **17** (20) *penós,* || **18** (21) *intimitat* roïna de les *lletjors,* || Ø P Arb (22-24): *els súccubes que ens volen fer empal·lidir,* | *les gorgones que espremen nostre destí,* | *les harpies que acuiten nostre envellir...* || **20** (26) *d'Índies emplomallat* || **21** (27) *tendal de primavera blanc o rosat!* || **22** (28) *De vida no viscuda* vaig fer-te *do,* || **23** (29) *vaig confiar-te coses d'encís, però* || **24** (30) no *tornant mai a haver-les* del || **27** (33) *la impossible enyorança* d'un || **29** (35) *d'estalviada joia* dóna'm un *bri;* || **30** (36) *que, corrugat, no em prenguin* per || ② **9** *gamfaró,* || **12** somni *o* amb || **14** *i esquivava* amb TESTIMONIS POSTERIORS: Ø

ELS COCOTERS DE MACUTO

Vaig veure un dia a Macuto,
per un present de l'atzar,
quatre cocoters en rengle
aturats davant la mar.

Eren sols davant les ones,
ben ruixats per la claror,
com columnes oblidades
o fermalls de l'horitzó.

S'expandien en llur èxtasi
com si no els veiés ningú;
espaiats, al cel somreien,
tots germans, sol cadascú.

Ran de terra, ja es torçaven,
dolçament al sol girats.
Els ventalls de trenta reines
sostenien delicats.

Però, patges fora via,
ells van créixer amb tant deler,
que sols dees sobre un núvol
els ventalls podran haver.

Eren quatre, i en renglera
contra el blau, prodigis d'or.
Quan seré sota la boira
m'assolellaran el cor.

TEXT: P 557 || ESMENES: **5** *ones* [ones, Arb CoQ] ❧ TESTIMONIS ANTERIORS EN LLIBRE: ① CoQ 21 || ② Arb 41 || APARAT GENÈTIC: ① **2** *i els estic veient encar,* || **6** *fills gentils de* la c. || **10** *ningú:* || **21** *Quatre cocoters en rengle* || **22** *sobre* el blau, *prodigi d'or...* || **22-23** Esp. estr. || **23** Quan *jo sigui entre* la b. || ② **1** *Macuto* || **14** *sòl* ❧
TESTIMONIS POSTERIORS: Ø

CARRER DE DESMAIS

Vaig pel carrer d'una ciutat criolla,
el que té vores de desmais
fets al llis silenci de l'aigua
i a les grans ales dels espais.

Foravingut a vila, no sap cada arbre lànguid
per què emmurat entre façanes viu,
inútilment estès el doll de la crinera
sense el mirall etern i sempre fugitiu.

S'ofèn cada rel, cada fulla,
del crit i la corrua dels estranys,
i es dolen amb enyor sota l'escorça clara
les anelles dels anys.

Ve que un cop, nit endins, fina de ploure
desconsoladament,
i el pengim de les branques reïntella
en el carrer sense traüt de gent,

i en l'ombra, gemada i profunda,
ni un pensament no brum,
i, orbes de so, les cases són barrades,
gruant una esquerda de llum,

i un degotís de música davalla de les branques,
com tecleig d'un preludi angelical,
i en el cel, entre minves de rancúnia
—parament esquinçat d'un funeral—,

la lluna es mig aboca, esbalaïda,
com en pàl·lid record d'una altra vida,
tot movent d'esma els indecisos flocs
de cabells cendra i cabells grocs.

És Hècate, llavores, que salva de la fossa
fantasmes que tortegen, maldestres en vagar;
llur moviment, com d'arbre, que es gronxa i que no avança,
els arbres el contemplen, i no cap ull humà.

Tenen un urc altívol aquelles conques buides,
erectes, més enllà del desconhort;
hi ha el que només visqué d'una esperança,
tan posseït, que encara no es tem que sigui mort,

i aquell que, una memòria seguint, entrà dins una
galeria de gel,
la noia que en collint un iris va estimbar-se
i un noi negat mentre sotjava el cel,

i el sant, deixat dels àngels, que diu amén encara,
i el cobejós que porta grapades d'aire al cau,
i un foll esparracat que en nit d'embriaguesa
es begué corona i palau.

Llavors, davant l'amarga correntia
que ve del fosc, irretornable freu,
cada desmai, fill sospirós de l'aigua
i que tant ama el riu blavís com el Leteu,

saluda el poble demancat de veu i passes;
i en acabat, parença de festival reté
en sos serrells que semblen, a l'aurora,
garlandes acabades de desfer.

TEXT: P 558 || ESMENES: **37** *que* [*que* Arb] ❧ TESTIMONI ANTERIOR EN LLIBRE: Arb 42 || APARAT GENÈTIC: **13** *Però si,* nit || **28** *grocs,* || **29** *llavores és quan Hècate llibera* de || **45** *I ja* davant ❧ TESTIMONIS POSTERIORS: Ø

XICRANDA DE MÈXIC

Una xicranda florida
enlluerna tot el món.
Flama fosca de la terra
que amb color de cel es fon.

Esclat de púrpura malva
sobre els primers aiguarells,
¿on són tes branques ardides,
oh dosser fet de pomells?

Una xicranda florida,
l'arbre mateix que era ahir
una urpa negrenca i sola
com un retret al destí.

Amor covada en l'escorça
que enlluernes d'un plegat—
oh seny obscur del poeta
pel déu, de sobte, inflamat!

Música es tornà la saba
com d'un innombrable amor;
resseguí tot el fustatge
el do líquid i sonor.

Goig que en la rel arpegia
dins de la soca retruny;
hi concerta una esperança
la fullada, encara lluny.

I tots junts, en llur miracle
—so i color que hi equival—,
traspassen a un musc incendi
llur gran acord triomfal.

TEXT: P 559 || ESMENES: **27** *traspasseu* [traspassen mcsArb Arb] ❧ TESTIMONI ANTERIOR EN LLIBRE: Arb 43 || APARAT GENÈTIC: **13** *¡O* amor || **14** *plegat,* || **21** *El goig que en la rel arpègia* ❧
TESTIMONIS POSTERIORS: Ø

XICRANDES FULLADES

Xicranda, fulles de randa,
trèmules de cent albirs,
amb un calat per als somnis
i amb un serrell de sospirs.—

Tal volta d'una xicranda
recerant-se a l'afalac,
una molt gerda princesa
de pits color de tabac,

parladora en refilades,
dels ocells amb entenent,
i que en els seus ulls tenia
dolceses de sol ponent,

caigué, primera de totes,
vora un florit devessall,
als braços d'un home pàl·lid
que duia espasa i capmall.—

Portat vora una xicranda
defallí un tinent crioll,
amb el rull d'una casada
i un escapulari al coll,

per una bala d'Espanya
espiat i malferit;
quan a l'ombra del capvespre
ja retia l'esperit,

i un auguri demanava
amb els ulls clavats al cel,
veié un còndor, que guarnia
el seu cap d'un bell estel.—

I al ventall d'altra xicranda,
un mestís desavinent,
en son temps oficinista
demagògic i insolvent,

lluny dels crits d'una mainada
sempre en lluita, sempre amb fam,
dels estels i les lluernes
ajagut sota l'eixam,

sospirava, al clar de lluna,
un sonet al foll encís
dels tutús de ballarines
i l'absenta de París.

TEXT: P 560 || ESMENES: **4** *sospirs.* [*sospirs.* Arb sospirs.— mcsArb] || **16** *capmall.* [*capmall.* Arb capmall.— mcsArb] || **28** *estel.* [*estel.* Arb. estel.— mcsArb] || **37** *sospirava* [*sospirava* Arb sospirava, mcsArb] ❧ TESTIMONI ANTERIOR EN LLIBRE: Arb 44 || APARAT GENÈTIC: El testimoni no presenta variants❧
TESTIMONIS POSTERIORS: Ø

XIPRER

Xiprer,
massa que sé
com vora mars felices
se't veu cenyit de roses, sovint, en un verger,
i com et dreces en la vella plaça
que els segles han daurat,
i mostres, més que amagues, la vella arquitectura,
oh dit senyalador d'eternitat!

Perquè l'acuit dels dies no t'altera
i acreix ta majestat llur polseguera,
oh més altiu que el llor!
I, més d'un cop, amunt d'una drecera,
el teu missatge apaivagà mon cor:
era prop teu l'ermita abandonada,
i, al teu davant, la clara capvesprada
que ton bell cim encaputxava d'or.

I t'he vist solt, i encara dins monacal renglera,
gairebé negre, contingut, estret,
darrera de la tanca
que faixa un cementiri de poblet.
Senyal tot dret,
silenci imposes, i refàs memòria
d'una mig oblidada executòria
quan a ton peu és el taüt de pi;
ta rel coneix la soterrada alquímia
que en un començ trasmuda cada fi.

Bé et deien: —Goig i dol, balla i batalla
¿són perquè els anivelli en un fondal
l'esma feixuga amb què el voltor davalla,
alternança de cercle i vertical?
¿O tal vegada el rossinyol encerta
en son anunci radiós, excels,

d'haver-hi un cant sense gemec ni sotragada
darrera el vel de fosca reïntellant d'estels?

—El germà corb es plau a les despulles
—dilucidaves prou—,
i estúpid i golafre,
amb l'ull dormit que altre deler no mou,
lleva la trista macadura als ossos
que un vent ardent revestirà de nou.

I la noblesa dels xiprers immòbils
ve de la gran fermança que del demà tenim.
En lloc no mai fet trobadís a l'home,
un quer torreja. I agudint-ne el cim,
es dreça, incorruptible,
el xiprer més antic, tot pensament:
els àngels s'hi acorruen
a cada solixent;
no hi pesa mai el núvol
de fosca cella, consirós d'un llamp,
car l'arbre, en una baga de rels, aconduïdes
per les esquerdes del rocam,
guarda l'ossada inviolada
del primer nat, Adam.

Perquè en la jovenesa
del món, quan tot lluïa, passà pel firmament
un núvol que parlava
amb un so de címbal d'argent.
«Aixeca't», deia al fang, «i sigues home:
no pas a tall dels arbres que pugin tremolant
i amb branca enyoradora de la gleva,
si li vagués, rampant,
sinó tot dret, per voluntat més forta
dels ossos rígids i la sang retorta:
com el xiprer, que es tira al cel tot junt,
en un delit de les llunyanes coses
al seu voltant i al seu damunt».

TEXT: P 561 || ESMENES: **38** *d'ull ≈ mou* [l'ull mcsArb Pal Arb] || **40-41** Sense esp. estr. [esp. estr. mcsArb] || **46** *pensament;* [pensament: mcsArb Pal] || **59-67** *—Aixeca't, ≈ i | damunt.* ❧ TESTIMONIS ANTERIORS EN LLIBRE: ① Pal 14 || ② Arb 45 || APARAT GENÈTIC: ① **1** *Xiprer* || **8** *d'eternitat.* || **12** *I* || **17** I *sol t'he vist, o dòcil en* monacal *seguici,* || **20** *poblet...* || **28** *¿seran perquè els nivelli* en || **31** ¿O *bé més tost* el || **36** *prou—* || **38** dormit *d'un condemnat al jou,* || **40-41** Sense esp. estr. || **45** *dreça* || **51** *d'arrels,* || **65** *xiprer* || ② **16-17** canvi de pàgina || **17** vist *sol, o d'altres amb* monacal *seguici,* || **28** *¿seran perquè els nivelli* en || **36** *dilucidades* [sic] || **38** dormit *d'un condemnat al jou,* || **40-41** canvi de pàgina ❧ TESTIMONIS POSTERIORS: Ø

ARBRE ENCASTELLAT

Oh dolç abocat
del cel a la riba,
arbre encastellat
en la roca viva,

nat d'una llavor
caiguda i petjada
que el vent de tardor
d'ala empolsegada

deixà en un esquinç
de la roquetera
amb volves i brins
de sa cabellera!

Tu, l'únic despert
que canta i adora
en un cim desert
de color d'aurora!

Voltat de rocam,
del món passes pena;
benigne, ton ram
el cor asserena,

amic ple d'esments,
avís d'esperança,
fita a quatre vents
amb qui l'aire dansa.

Tota l'art, fidel,
ton deler m'ensenya:
no s'ha mai ta rel
plangut de la penya,

ni en lloc insabut
l'esforç no l'amarga,
ni li ha mai dolgut
l'incert on s'allarga;

i, serpent subtil,
ta rel dins clivella
en el lloc hostil
una urna cisella,

i del que has llevat
i el que en tu es peixia,
ella a clos sagrat
mena la deixia:

d'insecte ventís
la immòbil engruna,
el lleuger crostís
de la soca bruna,

el poc de borró
i la fulla morta:
pols d'extinció,
encara et conforta.

Més del que hagis dat
de nou se t'adreça;
i es fa nou esclat
en roda de l'ésser.

Oh tot sol i pur,
tu que el cim honores!
T'estens al futur
nodrit pel que fores.

A tos rams novells,
a tes ufanies,
volen els ocells
de tant que els somies.

Anirà al teu branc,
si xardor l'enuja,
un vel gris i blanc
amb serrells de pluja.

I quan brunz al vent
la teva esponera,
corre un frisament
per la roquetera.—

En temps a venir,
quan ja la brostada
faci reverdir
carena i collada,

sigues amb bon dret,
en dia més noble,
príncep d'un aulet,
profeta d'un poble,

oh tu, voluntat
que la nosa abriva,
seny d'identitat,
arbre encastellat
en la roca viva!

TEXT: P 562 || ESMENES: **2** *riba* [riba, mcsArb Llu Arb] || **30** *l'amarga* [l'amarga, mcsArb Llu Arb] || **38** *que tu* [que en tu mcsArb Llu] || **53** *¡oh* || **68** *roquetera.* [*roquetera.* Arb roquetera.— mcsArb Llu] || **73** *dret* [dret, Llu] ❧ TESTIMONIS ANTERIORS EN LLIBRE: ① Llu 26 || ② Arb 46 || APARAT GENÈTIC: ① **15** en *cimal* d. || **16** *colors* || **19** *l'ombra de* ton r. || **20** *els cors* a. || **29** ni *llarg, resolut,* || **32** *la nit* on *s'allarga,* || **34** *viva en sa clivella,* || **35** *dins* el || **36** *cisella;* || **47** *d'extinció* || **48** *cau, i la* c. || **49** Més *que no* hagis *dat,* || **53** *pur* || **54** *que el cimal* h. || **55** *T'extens* || ② **15** en *cimal* d. || **32** *s'allarga,* || **34** *clivella,* || **47** *d'extinció* || **48** *cau i la* c. || **49** Més *que no* hagis d. || **53** *pur* || **54** *que el cimal* h. || **73** *dret* ❧
TESTIMONIS POSTERIORS: Ø

CANTATA DELS SABINS SECULARS

A Alfonso Reyes

VEU I

Anys i més anys!

VEU II

Oh pes, oh gran desfici!

VEU III

Es muda tot.

VEU IV

Sense esmes diferents.

TOTS QUATRE

Hom gemega en el dol i la temença,
els que passen igual que els romanents.
Però del món és la més greu complanta
la dels supervivents.

VEU I

Viure, ¿què ens dóna?

VEU II

Aquest desig sens ales.

VEU III

Del goig, ¿què es treu?

VEU IV

I ¿què dels desconhorts?

TOTS QUATRE

Les nostres rels en la durada tremen,
les nostres fulles piulen els records
i ens esmenta la saba esmorteïda
que encara no som morts.

VEU I

Duració...

VEU II

Mirar que tot s'acaba.

VEU III

Finar i restar.

VEU IV

Fins ésser fet d'adéus.

TOTS QUATRE

¿Com ens escau un tal seguit de llunes
quan núvols i rosada són tan breus?
Potser perquè en la fibra de la fusta
sabem com són els déus.

VEU I

Oh senys del món!

VEU II

Autors de la tristesa!

VEU III

Ens feren néixer.

VEU IV

Decebent, però.—

TOTS QUATRE

Cremen planters, els glacen, els niellen,
i prou ens ve llur inaudible so:
«Occim per joc ço que visqué debades!
Ara jo! Ara jo!»

VEU I

Oh pluja i pols!

VEU II

Oh polseguera i pluja!

VEU III

Etern zodíac!

VEU IV

Calcigat camí!

TOTS QUATRE

Car giravolten dies inlassables
perquè escoltem dels segles en la fi:
«Ja res no és, i la mateixa mola
és mòlta en el molí».

VEU I

Segles encar!

VEU II

Una glopada d'aire.

VEU III

Tantost vinguts...

VEU IV

...avall de l'espadat.

TOTS QUATRE

És només un el parpelleig del dia
per a l'herba i el tronc de majestat,
ni dura fet i fet el mil·lenari
més que un gemec d'albat.

TEXT: P 563 ‖ ESMENES: **23-24** —*Occim* | *jo!* ‖ TESTIMONIS ANTERIORS EN LLIBRE: ① Pal 15 ‖ ② Arb 47 ‖ APARAT GENÈTIC: ① Títol: «Cantata dels arbres seculars» ‖ **1** oh *greu* d. ‖ **TOTS** : *TOTES* [El testimoni expressa sempre el col·lectiu de veus en femení] ‖ **3** i *en* la t. ‖ **7** desig *sense* a. ‖ **10** *records.* ‖ **20** *però.* ‖ **21** *Sequen* planters, ‖ **23** que *nasqué* d. ‖ **33** És *un només* el ‖ ② **1** oh *greu* d. ‖ **20** *però.* ‖ **21** *Sequen* planters, ‖ **28** *fi.* ‖ **29** *Ja* ‖ **30** *molí.* ‖ **33** És *un només* el ❧
TESTIMONIS POSTERIORS: Ø

LES SET FULLES DEL FAIG

Set fulles com de foc hi havia en ta brancada,
talment set flors suaus,
oh faig, a tret d'hivern; els dèiem jo i l'amada
els set adéu-siaus.

Devers un núvol d'or fugia la primera
al grat dels remolins,
creguda d'empaitar remota polseguera
amb d'altres fulles dins.

Cercant la pietat, una altra anà vers l'ombra
d'un portaló xaruc;
la vella, entre viltats, ajeia a cops d'escombra
l'auguri malastruc.

Una altra es va pagar d'un arreplec de fulles,
enyor dels dies bells;
un agre fumerol muntà de les despulles
abans palau d'ocells.

—Oh terra —l'altra féu—, oh mare, arreu estesa,
colliu, alat, mon cos!—
I en un trontoll dormit la va colgar malmesa
el bou sota un terròs.

Brunzia la vinent: —A un arbre de mig aire
encar daria esclat—.
I anava en giravolts a son turment, al caire
d'un arç enverinat.

Una altra malmorí per veure's tot el dia;
i, ja en el regueró,
veié només l'abís del cel que l'atuïa,
i, ella mateixa, no.

La fulla que era, just, al cim de la brancada
la meva amor sotjà.
Entre son cos i el meu lliscava refiada
i ja no va passar.

TEXT: P 564 ❧ TESTIMONIS ANTERIORS EN LLIBRE: ① VeE 49 ‖ ② Arb 48 ‖ APARAT GENÈTIC: ① Títol: «Les set fulles vermelles» ‖ **3** *d'hivern:* ‖ **5** *Envers* un ‖ **9** *pietat* ‖ **10** d'un *gran portal* x. ‖ **11** *viltats* ‖ **13** d'un *monument* de f. ‖ **14** dels *mesos* b. ‖ **17** *féu—;* oh *mare nua, encesa,* ‖ **19** I *amb* un ‖ **20** *bou,* ‖ **23** I *queia* en giravolts *per al* t. ‖ **25** *dia:* ‖ **26** *perquè* en el *regueró* ‖ **28** *i* ‖ **29** *era al cim, en fondre's l'hora blava,* ‖ **30** *de veure't esperà.* ‖ (31) P Arb Ø *I fet l'humil salut com una dolça esclava,* ‖ **31** (32) entre *ton* cos i el meu *com d'amagat lliscava,* ‖ ② **5** *Envers* un ❧ TESTIMONIS POSTERIORS: Ø

LA PREGÀRIA ENCANTADA

En una clariana, consol de gespa fina,
al cor d'una boscúria d'antiga fosquedat,
he vist una capella, penjada d'una alzina,
on el sant és ja pols de tan corcat.

I resta allí, suspesa, d'antany, una pregària
d'algú tot gemeguívol en el seu negre acuit;
va, sola, repetint-se, com presa d'encantària,
sense saber que l'altaret és buit.

—¿Què fas, mal fonedissa, sense deler ni dubte?
¿Què dius, que mai no sentin ni l'àngel ni l'estel?
¿Què cerques, tremolosa com una verge innupta,
malaguanyada en l'aixopluc del vel?

¿Ton vell afany encara recordes tu mateixa?
Pel cel, pel món, pels homes travessen rius d'oblit.
O, com d'infant en l'ombra, ¿seria mai ta queixa
esma de son i angoixa de la nit?—

¿I qui dirà d'aquesta veueta esgarriada,
quina paraula es deixa o quin camí confon?
La plany només que l'herba, la plora la rosada
i no sap d'ésser tota sola al món.

TEXT: P 565 || ESMENES: **9|16** *Què* | *nit?* [nit?— mcsArb Llu] ❧ TESTIMONIS ANTERIORS EN LLIBRE: ① Llu 41 || ② Arb 49 || APARAT GENÈTIC: ① **2** boscúria *de llarga* f. || **5** resta *enfront* suspesa, || **6** *que algú va fer dins l'urpa d'un dolorós acuit:* || **9** *Què fa,* mal || **10** Què *diu,* que || **11** Què *cerca,* tremolosa ≈ *innupta* || **13** *—Ton* || **17** *esgarriada* || ② **9** *Què* || **16** *nit?* ❧ TESTIMONIS POSTERIORS: Ø

L'ARBRE DE LA NIT

El dia és un vaixell que avança dissolent-se
i és un gran arbre immemorial la nit.
Les fulles de la nit fan fresses imperfectes,
angoixa, sospita i neguit;
la soca, encoixinada de molses, ens convida
a abandonar-nos, contra d'ella, a un poc d'oblit.

I, quan ens veuen en el son, treballen
les rels i, com tentacles, se'n van impiament
vers on es planyen les imatges del que fórem
—afany o migrament—,
i ho remunten en trets esborradissos,
inscripcions en alfabet incoherent.

Poc es tornà no-res la vida que visquérem.
—¿Qui et féu pujar, gran arbre? ¿Què vols per als fallits?
Es riu l'un somni del desig de la durada;
un altre insulta l'estretesa dels sentits.
¿Som anelles de boira
o flamissells no prou ardits?

No dormim pas com en el sot la pedra,
que és ton recer, vell arbre, inquietant.
¿Qui sap, però, si tu mateix ignores
la tresca del destí, i és sospirant
que a poc a poc atures el fullatge
i apagues els estels per a l'infant?

TEXT: P 566 || ESMENES: **14** *Qui* [*Qui* Arb] ❧ TESTIMONI ANTERIOR EN LLIBRE: Arb 50 || APARAT GENÈTIC: El testimoni no presenta variants ❧ TESTIMONIS POSTERIORS: Ø

LA COMPANYIA

Sonet - parla de la mort

Com tirà decantat a sa ruïna,
cada any que passa m'entotsolo més;
la mort al peu de mon palau rondina;
no em resten sinó quatre llagoters.

Tots quatre amb mi fins que la nit declina,
mouen eixams de pensaments lleugers,
i donen, íntims, amb llur veu tan fina,
somnis al cor, al desengany un bres.

Més se m'atansen quan tothom reposa;
i saben compassar-se al meu glatit;
amaguen a mos ulls tota altra cosa

volent llevar destorb al meu delit.
I són el llum i el llibre i una rosa
i un gran arbre, més negre que la nit.

entotsolo → es queda sol, fuig de la companyia

TEXT: P 567 ❧ TESTIMONIS ANTERIORS EN LLIBRE: ① VeE 55 ‖ ② Arb 51 ‖ APARAT GENÈTIC: ① Sense esp. estr. ‖ **2** *més:* ‖ **3** *rondina:* ‖ **8** cor, *a mon neguit* un b. ‖ **9** *A prop els sento* quan ‖ **10** *s'afina l'aire per a llur* g. ‖ **11** *s'amaga el trist posat de cada* c. ‖ **12** destorb *a llur delit:* ‖ **13** *El llum, el llibre, la secreta* r. ‖ ② **11** *amaga el seu posat* tota ❧
TESTIMONIS POSTERIORS: Ø

BEDOLL DE BIAIX

Oh bedoll socagrís, mig de corcoll,
tan senyalat pel vent irós, devora
de la mar dels Atlants, tota soroll
mentre el cabdell de nuvolades plora!

Sol contra el vent, de la tempesta al doll,
t'esguerres, però vius, del que t'acora;
la pols de terra endins et torna foll,
afront d'escumes t'escarneix de fora.

—Só tort —fa l'arbre— perquè resto lliure;
llevat del cos a cos, ¿què val de viure?
¿Què em són les nafres i del ram l'esquinç?

Só jo mateix que m'he volgut retòrcer;
mes branques baten i el meu gep fa força
i estranyament canto: «Só meu!» per dins.

TEXT: P 568 || ESMENES: **9** *tort, fa l'arbre,* || **14** *—Só meu!—* ❧ TESTIMONIS ANTERIORS EN LLIBRE: ① VeE 20 || ② Arb 52 || APARAT GENÈTIC: ① Sense esp. estr. || **2** tan *ajupit i senyalat* d. || **3** *d'on* la mar dels *Atlants fa més* s. || **4** *plora.* || **12** *retòrcer:* || ② El testimoni no presenta variants ❧ TESTIMONIS POSTERIORS: Ø

SOTA DEL FAIG

Enmig de la boira que munta
l'estiu sospira: —Me'n vaig—,
i a penes rosseja una punta
de la brancada del faig.

El sòcol nuós d'una soca
em dóna pau i secret;
em sento segur com la roca,
de tota angoixa distret.

Creguts que he finat en mon lleure,
sense témer engany ni dol,
tranquil, el tudó baixa a beure
i em rasa el peu l'esquirol.

I sona com tota allunyada
—formes, colors s'han perdut—
la font en la sorda cantada
de l'absoluta solitud.

TEXT: P 569 ǁ ESMENES: **2** *Me'n vaig—,* [—Me'n vaig—, mcsArb Llu] ❧ TESTIMONIS ANTERIORS EN LLIBRE: ① Llu 17 ǁ ② Arb 53 ǁ APARAT GENÈTIC: ① Títol: «En el bosc» ǁ **2** *vaig—;* ǁ **9** *Creient* que ǁ **10** engany *o* d. ǁ ② El testimoni no presenta variants ❧
TESTIMONIS POSTERIORS: Ø

A UN AURÓ

Farà aviat un any que cada dia
et veig per la finestra al meu costat,
oh noble auró d'un jardinet, que muntes
més alt que no el teulat!

T'he vist perdre la fulla, trasmudar-te
de gronxada pintura en fi dibuix:
gran pomell d'angles, dominant el ròssec
de fulles en garbuix.

T'he vist, en afermada primavera,
movent a flocs el teu ramatge espès,
i entaforant-hi més de cinc finestres
i retallant-ne tres.

Ja encambres dues merles amoroses;
gais, pluja i vent varien ton delit;
mous fulles fosques i arracades tendres
i el sol juga amb ta nit.

I en l'alt escaig de la claror del dia,
quan als carrers la fosca s'ajaçà,
dalt de ton cim els falciots fressegen
com dalt d'un campanar.

Sovint em veus entre papers i llibres,
arraconats de la cortina els plecs,
o cercant ton consol en la fatiga
o solament perplex.

Tu vas dir-me en hivern: —He de reviure;
tu no m'hauries d'envejar aquest do:
ara, en el fred i amb testa esblanqueïda,
encara dónes flor—.

Oh noble amic sobre lilàs i hortènsies!
Si algú troba el meu nom, temps a venir,
que no retreguin una tasca incerta,
32 sinó el teu cor veí.

TEXT: P 570 ❧ TESTIMONI ANTERIOR: Arb 54 || APARAT GENÈTIC EN LLIBRE: **19** *falziots* || **21** *libres,* [sic] ❧
TESTIMONIS POSTERIORS: Ø

LA DONA ARBRE

UNA ESCULTURA DE FENOSA

Bella hamadríade,
en els teus braços, espatlla i si
acotxadora d'un violí,
¿sols en parença sones tan fi
per a una nova secreta oïda
ara en els nostres ulls assolida?
I, de mirar-te, ¿pren embranzida
alguna música que ve de mi?

Ets arbre, l'ésser que un cant trastoca,
i retirances prens d'immortal.
Les teves cames són dins la soca.
És el teu ventre son vegetal,
oh només viva de sina endalt!
Damunt la teva cinta indistinta,
tota l'escorça de nou es pinta
amb comes roses i amb ulls de cel;
i si topessis amb ta mirada
donzell fent via per la contrada,
tu, malcontenta ja de ta rel
i adés ardida i adés poruga,
exiliada del teu descans,
respiraries feble i feixuga
i es dreçarien tos pits infants.

Però menysprees tota mudança
i en tu s'amaga ton pur esment.
Ton coll, tos braços, ton si dorment,
en replegant-se
manyagament,
l'ordre desvetllen d'unes sonores
veus encantades, i sols adores
d'una joguina de fusta el plany.
I s'hi concerten murmuradores
fresses de rama, sospirs de tany.

L'arbre que fores
és arbre encara, com era antany.

Si, fulles vives, tes mans són franques,
el cap inclines, les celles tanques,
que a tu mateixa només respons;
plegues els braços, tes dues branques,
per emparar-hi ton niu de sons.
I en la lliscada de la cantúria,
emplena l'antre de la boscúria
la cantadissa d'ocells i fonts.

Bella hamadríade
del violí,
de tots remota, secreta en mi!
En volent heure't, una abraçada
recularia malaguanyada,
i la besada
mai els teus llavis no sap collir,

oh fusta i càntic que un déu junyí!

TEXT: P 571 || ESMENES: **7** *¿I,* de mirar-te, *pren* [*¿I, ≈ pren* Arb I, ¿pren Pal] ❧ TESTIMONIS ANTERIORS EN LLIBRE: ① Pal 3 || ② Arb 55 || APARAT GENÈTIC: ① Títol: «L'hamadríade del violí (Una esculptura de Fenosa.)» || **1** *hamadríade* || **13** de *cinta* e. || **15** de *neu* es p. || **17** si *trobessis* amb || **18** *qui va* fent || **19** *malsofridora* ja || **25** tu *s'endinsa* ton || **29** *el fil* desvetllen || **37** *ton* cap inclines, *tes* celles t. || **39** plegues *tos braços com* dues *branques* || **40** per *recollir-hi* ton || **42** *l'antre assolella* de || **43-44** Sense esp. estr. || **48** *malaguanyada* || ② **13** de *cinta* e. || **18** *qui va* fent || **19** *malsofridora* ja || **40** per *a* emparar-hi || **43-44** canvi de pàgina ❧ TESTIMONIS POSTERIORS: Ø

L'ARÇ I LA PRIMAVERA

Al temps de delit
que l'arç, tot florit,
per un verd vestit
poc es desficia,
camino amb un dol
que m'he fet tot sol
per si el ventijol
me'n consolaria.
Mil vagues tremors em fan companyia.
De color de perla
són els aiguarells.
És l'hora dels iris, nats en una esberla,
cenyits de coltells.
Veus allà la griva, veus ací la merla
en els arbres tímids del Divendres Sant;
i una clariana de cel blau, que encara
no s'ha fet ben clara,
i un núvol plorant.
I la Primavera, volent que sa joia
vingui lentament, per tirany molt fi,
encara en son front et vol retenir,
oh nimbe suau d'angoixes de noia!

TEXT: P 572 ‖ ESMENES: **17** *clara* [*clara* PrP] ‖ **21** *retenir* ❧ TESTIMONI ANTERIOR EN LLIBRE: PrP 6 ‖ APARAT GENÈTIC: Sense títol ‖ **2** *l'arç* tot *florit* ‖ **3** per *son* verd v. ‖ **8** *em* c. ‖ **14** *merla,* ‖ **16** *blau* ‖ **19** *Primavera cercant* que ‖ **20** *trigui encar més d'un pensarós matí,* ‖ **21** *no vol* en son front *veure't decandir,* ‖ **22** *gris* nimbe ~ *noia.* ❧
TESTIMONIS POSTERIORS: Ø

ARBRE PRIMER

Oh gran tendal, que minves l'angoixa i el delit
i ens voltes, en el somni, de gent sense petjada,
oh l'invençut, amb una capçana d'estelada,
arbre damunt dels arbres, tentacular oblit,

supervivent al dia, devora teu marcit,
i més durable que la lluna escarbotada,
constant en la teva esma servil i escarrassada!
Voldria, abans de caure, mirar-te fit a fit.

Oblit irreparable, faç buida de la vida,
cada desig et tempta, cada dissort et crida.
Jo sé en el moll dels ossos que el teu reialme ve.

Tu desfaràs els límits i cada itinerari;
dins un batec de cella del viure planetari
esborres cada dia fins a extingir el darrer.

TEXT: P 573 ❧ TESTIMONI ANTERIOR EN LLIBRE: Arb 57 || APARAT GENÈTIC: **14** *fins* extingir ❧
TESTIMONIS POSTERIORS: Ø

EL LLEDONER I ELS VERNS

Un lledoner tot pàl·lid de delit
—perquè l'aigua d'un cingle, saltadora,
emperla son fullam i l'arremora—
enyor ens dava en el caient de nit.

Com heu passat, ufana, pas ardit,
mots de l'oreig, promeses de l'aurora,
i acuit de saba sota llum sonora
tot just vingut de trascantó fugit.

Qui sap, però, si ens portareu encara
(mal que ens aconduïm sense gatzara
de quatre verns sota l'humil quiosc)

els dolços drames per cruels joguines,
oh lluna acaronant les englantines,
merla del riu i rossinyol del bosc!

TEXT: P 574 ❧ TESTIMONIS ANTERIORS EN LLIBRE: ① PrP 26 || ② Arb 58 || APARAT GENÈTIC: ① Sense títol || Sense esp. estr. || **5** *Bé t'haguérem,* ufana, *doll* a. || **6** *novençania breu, malpagadora,* || **7** *acuït* [sic] ≈ *sonora,* || **8** *tantost* vingut || **9** *Però qui sap* si || **10** ens *engorronim en l'ombra avara,* || **11** sota *del lleu* q. || ② El testimoni no presenta variants ❧ TESTIMONIS POSTERIORS: Ø

LAMENTACIÓ DELS CEDRES DEL LÍBAN

Host sense fi, vetllàrem, en rengleres,
cims i tombants d'aquesta roca antiga;
ara, en un sol relleix, som una tribu
de vells supervivents,
mig dessenyats, barbotejant als vents.

I ja a la vetlla d'estroncar el murmuri,
ens dolem de l'estreta darreria;
no pas que mai el nostre plany arribi
a l'estelada en sos camins previstos
ni a la vogant incertitud dels núvols.
Cal esperar la mort
en sal i polseguera de record.

Entre mar i desert, comptant calitges,
banyats de cel, fent bategar la pedra,
en replans esteníem la brancada,
tots benedicció, greus testimonis
en el junt del visible i l'invisible,
amb un benigne bres,
com si el càntic d'un àngel hi passés.

De tant de prec se'ns perfumà la fusta;
l'esperança va fer-la incorruptible.
Al nostre volt ploraren patriarques
i Déu fiblà per boca dels profetes.
Finat el temps i la mortal angoixa,
¿fóra Sion pels cedres ventallada?
¿Fórem columnes per als grans tendals
dels justos immortals?

Hostes vingueren a destralejar-nos.
(Signes i petges del diví, ¿la terra,
l'home, nat del grumoll, no us descoratgen?)
Cap als harems, o per a esclat d'un ídol

o d'un rei occidor de multituds,
caravanes i naus van emportar-se
els cedres abatuts.

Les grans ales del cel covant la vida
fan i desfan, i engrunen els vestigis.
Per l'entrejoc de ritmes inefables,
si nosaltres passem, també caigueren
imperis, naus, corones rebatudes;
quants ne colgàreu en el clot incert,
tombes de l'estrafeta omnipotència,
oh onades, oh desert!

Amb l'urc de veure'ns acimats en roca,
de sentir prop els cèlics emissaris,
desplaguérem a Déu en son empiri
del gran silenci d'or, immensurable.
L'encens que Ell vol és la virtut secreta,
la cara trista amoroseix son cor;
i fins si invoquen el seu nom, l'allunyen
l'ira, l'orgull, el glavi i el tresor.

Host sense fi, vetllàrem, en rengleres,
cims i tombants d'aquesta roca antiga;
ara, en un sol relleix, som una tribu
de vells supervivents.
Pecàrem, i morim entre laments.

TEXT: P 575 || ESMENES: **21** *l esperança* || **51** *vetllàrem* en *rengleres* [*vetllàrem* en *rengleres* Arb] ❧ TESTIMONI ANTERIOR EN LLIBRE: Arb 59 || APARAT GENÈTIC: **1** *vetllàrem* en *rengleres* || **9** *ni* a || **33** naus *se n'emportaren* ❧ TESTIMONIS POSTERIORS: Ø

A UN AVET JOVE

tercets. parla de la insignificància de la vida de les persones

Avet jove del mont Cenís,
tot just al peu d'una rossola,
tot just hissat damunt l'abís,

oh broll penant, oh broll feliç
d'un greny i una embosta de terra
pel pedruscall escampadís!

És aspre i bell ton paradís:
viure en el vent, guarnir la pedra
cridant l'herbam i el degotís.

Tu sol ton poble i ton país,
per als meus ulls que es desconhorten
sigues retret, sigues avís,

abans no perdi el teu encís,
abans no et llevis a ma vista
com si la boira t'esvaís.

TEXT: P 576 ‖ ESMENES: **4** *o* broll f. ❧ TESTIMONI ANTERIOR EN LLIBRE: Arb 60 ‖ APARAT GENÈTIC: El testimoni no presenta variants ❧ TESTIMONIS POSTERIORS: Ø

CONVERSA

Hi ha un xiprer vora l'ermita
i un pollanc damunt del prat;
l'un, enterc com una fita,
l'altre, amb bres d'enamorat.

EL POLLANC

Tot llueix, tot enraona,
ja s'ha fos l'última neu;
¿si parléssim una estona,
tu tan greu i jo tan lleu?
(Drets com som, d'igual altesa,
tu en la pols i jo en el llim.)

EL XIPRER

Jo tinc veu... mig desapresa.

EL POLLANC

Parlarem de cim a cim.—
Cada fulla se m'esbulla,
afanyosa d'un intent;
aire i goig en cada fulla
i no mai remordiment.

EL XIPRER

Só el més fort dels sentinelles,
seny i terme dels destins,
oh pagat de sedes belles,
llamineigs i lluentins!

EL POLLANC

Canto al vent, com l'esperança.

EL XIPRER

Esfullant-te al reguerol.

EL POLLANC

Viure i veure és una dansa.

EL XIPRER

Tota dansa fina en dol.

EL POLLANC

L'endemà de folles fúries
l'aigua tresca, el dia és dolç;
munten besos i cantúries
del corquim i de la pols.

EL XIPRER

Vanitat d'ombra enflocada!
¿No pots veure des d'ací
el gran corb de l'estelada
que devora tot matí?—
Jo i la mort fem una crida:
«Prou vivents i prou dissort».

EL POLLANC

Si finéssim jo i la vida
finaria fins la mort.

TEXT: P 577 || ESMENES: **6** *neu,* [neu; mcsArb Llu] || **12** *cim.* [cim.— mcsArb Llu] || **26-27** Esp. estr. [canvi de pàgina Llu Sense esp. estr. mcsArb] || **32** *matí?* [matí?— mcsArb] ❧ TESTIMONI ANTERIOR EN LLIBRE: Llu 35 || APARAT GENÈTIC: Títol: «Dialeg» [sic] || **31** el *vell* corb || **32** *matí?* ❧
TESTIMONIS POSTERIORS: Lli 7

APÈNDIXS

1.
BIOGRAFIA MÍNIMA

1884-1914

«Jo llegia perquè la meva mare llegia, i escrivia de veure-ho fer al meu pare».[1] Josep Carner i Puig-Oriol va néixer a Barcelona, al número 8 del carrer d'Aribau, el 9 de febrer de 1884, en una finca ocupada actualment per despatxos i aules de la Universitat de Barcelona, que porta el nom d'Edifici Carner. La família es va traslladar ben aviat al carrer de Dou, al cor de la ciutat vella, on el poeta va passar la seva infantesa i on, des del balcó de casa seva, observant els núvols i el cel, va apendre a descriure l'espectacle de la natura, com ell mateix explicarà anys més tard. Era l'únic fill de Sebastià Josep Carner i Anna Puig-Oriol, un matrimoni de la petita burgesia, de modesta capacitat econòmica. El pare s'havia establert com a farmacèutic al mateix carrer d'Aribau, però al cap d'un temps va decidir d'abandonar la farmàcia per un ofici, el periodisme, més acostat a la seva inclinació per l'art dramàtic. Va treballar en dues publicacions representatives de la dreta catòlica conservadora: va ser redactor del diari de signe carlí *El Correo Catalán* i director de *La Hormiga de Oro* (on el seu fill pels volts de 1898, joveníssim encara, publicarà algun poema, *oh Déu, en castellà!*). Sebastià J. Carner és autor d'un *Tratado de arte escénico* (1890), d'una peça de teatre, *Veneno de áspides* (1897), i d'un parell d'assaigs més de temàtica teatral. Les notícies sobre la mare són escas-

1. Tomàs Garcés, «Conversa amb Josep Carner», *Revista de Catalunya*, 38 (VIII-1927) [també a NARDI i PELEGRÍ 1986]. La biografia més completa sobre Josep Carner continua essent la d'Albert Manent, *Josep Carner i el Noucentisme*. Barcelona: Edicions 62 1969. Vegeu també dos retrats singulars: Pere Calders, *Josep Carner*. Barcelona: Alcides, 1961 [monografia centrada sobretot en l'exili mexicà: 1939-1945]. Josep Pla, «Josep Carner. Un retrat» dins *Homenots* (primera sèrie). Barcelona: Selecta 1958 [retrat dels anys de Gènova: 1921-1924] i SUBIRANA 2000, per als anys belgues 1945-1970. Sobre la poesia: *Studies on Josep Carner* (J. Coll, ed.). Catalan *Review* VI, 1-2, 1992; i *Carneriana* (J. Subirana, ed.). Barcelona: Proa 1995 [dos volums d'estudis de diversos autors sobre la poesia, la prosa, les traduccions]. Sobre la prosa: Marcel Ortín, *La prosa literària de Josep Carner*. Barcelona: Edicions dels Quaderns Crema 1996.

ses: se sap que va ser educada en un col·legi religiós francès, que era una persona molt devota i una lectora constant i culta.

El futur poeta va ser, ja de molt menut, un lector fervent. Va començar a llegir per no deixar-se devorar per l'avorriment. A la biblioteca de casa hi havia revistes catalanes on campava un llenguatge quotidià i viu, i llibres de versos escrits en un català més aviat inflat. Es va sentir atret per Guimerà («figura apassionada, fecunda, enorme i desigual»).[2] El 1909, arran d'un homenatge a la figura del dramaturg, Carner recordava l'arravatament que li causava de petit l'obra d'aquest autor i aprofitava el fil del record per parlar de la seva infantesa, del seu carrer, el carrer de Dou:

> ...Yo aprendí la verdad y la fuerza del verbo catalán, yo aprendí el valor de la entonación ardiente y de la riqueza sonora en un tomo de tragedias de Guimerà —las primeras tragedias...— Era yo niño; vivía en una calleja del interior de Barcelona, monótona y tranquila, donde ni el reporter más avisado hubiera dado jamás con la más leve materia para un *fait divers*. Los chicos de los almacenes, bostezando, coordinaban sus paquetes en mitad del arroyo. El farolero conocía a todas las muchachas de la calle, y el único fenómeno callejero que podía darme una idea de la Rapidez era el trote nocturno de las burras lecheras. No había en casa otro chico; yo empezaría a leer por instinto de lucha contra ese terrible hastío que ha devorado en mi existencia los años que ciertos sentimentales ridículos y mendacísimos llaman áureos o edénicos; y lo cierto es que en la lectura hallé suntuosas compensaciones para todos los ahogos y pequeñeces del ambiente cotidiano. Las tragedias románticas de Guimerà! Ellas fueron, en compañía de las inapreciables *Mil y una noches*, redención de una vida absurda, aparición en mi pequeño cielo de las *nubes maravillosas*, elevación de mi ser, germen de futuras y memorables ensoñaciones...[3]

Així, doncs, també, s'havia sentit atret de petit pel món meravellós de *Les mil i una nits*. I pel *Romancer popular* (*cançons feudals cavalleresques*), editat per Marian Aguiló i aparegut el 1893. Lector precoç, aviat se li va encomanar el gust per l'es-

2. Josep Carner, «De l'acció dels poetes a Catalunya» dins *Empori*, 9, 10, 12 (1908) [també a Nardi i Pelegrí 1986].

3. José Carner, «A propósito de un homenaje» dins *La Cataluña*, 75 (6-III-1909) p. 145.

criptura, i va començar a fer les seves primeres provatures literàries. D'amagat dels pares, enviava articles i poemes a un setmanari, *L'Aureneta*, que anava publicant els seus treballs, signats amb pseudònims per tal que ningú no descobrís (per tal que els seus pares no descobrissin) la identitat de l'autor. Però el director de la publicació va anar lligant caps i es va adonar que alguns dels seus col·laboradors eren una sola persona de curta edat. I va esbombar la notícia de manera solemne, explicant que la munió de furtius col·laboradors que tenia eren un de sol, «Un geni en embrió», i passant llista, meravellat, de tots els treballs escrits per «un noi de 12 anys! que es diu Josep Manel Carner».

El 1897 va guanyar els dos primers premis literaris: dos accèssits al certamen «científico-literari» de la revista *L'Atlàntida*. Aquest mateix any va acabar el batxillerat i va ingressar a la Universitat per empendre dues carreres, Dret i Filosofia i Lletres. El 1902 i el 1904 obtindrà les llicenciatures i posteriorment es traslladarà a Madrid per doctorar-s'hi, amb una tesi sobre el teatre de Carlos Arniches, tan popular al seu temps: «ese autor que nunca defrauda», em diria ell mateix. L'interès pel teatre que hi devia haver a casa i que aquest doctorat confirma, ja s'havia manifestat anteriorment. Precisament el seu primer imprès solt és una peça de teatre, «una joguina en un acte i en prosa», intitulada *Al vapor* (1901) i estrenada «ab molt bon èxit, la nit del 11 de febrer» del mateix any per la companyia de l'actor Enric Guitart. L'obra, publicada a la «Biblioteca de *Lo Teatro Regional*», és signada amb un seu pseudònim, Pere de Maldar, que s'afegeix a la mitja dotzena que anteriorment ja havia usat i als més de trenta que usarà en el futur. El mateix any 1901 va guanyar premis a dos certàmens de Sarrià (Barcelona) per dues obretes més (*Trista* i *La llàntia que s'apaga*). I tancant aquesta etapa de dedicació al teatre, cal fer esment de tres adaptacions escèniques, dues llegendes, *El comte l'Arnau* (1905) i *Lo miracle del Tallat* (1906), i una rondalla, *La Fustots* (1905), que es van representar, musicades, en el marc dels «Espectacles i Audicions Graner», promoguts per un pintor que s'havia establert com a empresari al Teatre Principal. Les tres obretes impreses són testimoni de la col·laboració amb Graner en el camp de l'espectacle, iniciada segurament el 1904.

Durant els anys universitaris, Carner va entrar en relació amb altres joves (Emili Vallès, Joan Alzina, Rafael Masó), que seran els primers companys en empreses culturals, i amb Jaume Bofill i Mates (Guerau de Liost en poesia),[4] amic entranyable i interlocutor literari,. Va conèixer també persones que van tenir un paper destacat en la seva formació: el bisbe Torras i Bages, mentor de la joventut catòlica catalanista, que postulava una funció pedagògica de l'art; Miquel Costa i Llobera, el poeta català que Carner més admirava en aquests anys; i Enric Prat de la Riba, futur president de la Mancomunitat de Catalunya, la seva ombra tutelar, que va creure en la capacitat intel·lectual del poeta i li va confiar càrrecs de responsabilitat fins a la seva mort prematura el 1917. Al seu empar, Carner es va convertir molt aviat, el 1903, en col·laborador assidu de *La Veu de Catalunya*, el diari de la Lliga Regionalista, on durant vint-i-sis anys publicarà tota mena d'escrits: articles d'actualitat política i cultural, editorials, assajos, i també obres de creació, com les breus proses que després formaran *L'idili dels nyanyos* (1903) i *Deu rondalles de Jesús infant* (1904). *La Veu* és la plataforma de llançament de les obres de creació, en un principi únicament de les proses, però després, també, dels poemes. En aquests anys va dirigir la revista *Catalunya* (1903-1905), fundada amb el grup d'amics universitaris. El 1904 va obtenir el segon premi ordinari (el primer l'havia obtingut l'any anterior per «La sacra espectació dels Patriarques», el poema més antic que incorporarà a *Poesia*) al més prestigiós dels certàmens poètics catalans, els Jocs Florals de Barcelona. El va obtenir per *Corones*, un aplec de deu sonets, recollits en un imprès solt que ell mateix es va fer imprimir per regalar als amics.

De fet, el primer llibre de versos, *Llibre dels poetas* (1904), es va posar a la venda el mateix any, per bé que «demorà» a la impremta un any i mig abans de ser «finalment» enllestit, segons explica l'autor, amb humor, al colofó. El *Llibre* és un exercici retòric on el poeta assaja gairebé totes les possibilitats mètriques de la llengua. En aquest sentit és un llibre admirable. La majoria dels poemes que el conformen van ser escrits, en efecte, als disset o divuit anys. I havien estat donats a conèixer anteriorment, abans de ser revisats i incorporats al primitiu recull. Un procés de revisió, conscient i apassionat, que es repetirà a cada nou llibre de poemes, i que ens informa de l'evolució que ha experi-

4. Batejat Guerau precisament per Carner: «em demanares un nom de fonts, i jo te'l vaig escollir gòtic i catalanesc». Josep Carner, «Mots proemials» a Guerau de Liost, *La muntanya d'ametistes* (1933), dins també d'*Obra poètica completa*. Barcelona: Selecta, 1948.

mentat el text, un procés imprescindible per entendre els poemes en tota la seva magnitud.

Primer llibre de sonets (1905) i *Segon llibre de sonets* (1907) formen una col·lecció de cent cinquanta composicions, que no són sinó una part del gran nombre de sonets que poblaran la seva obra posterior. I com a prefaci d'aquests dos llibres, una colla de joves confrares saluden i celebren amb sonets i sonets una mena de naixement formal del gènere (amb la pomposa gravetat de qui condueix per primera vegada el vehicle). Els dos, en qualsevol cas, són un exercici d'adaptació a un tipus de composició poètica que havia estat molt poc conreada en català i que el poeta s'afanya a dominar en un esforç encaminat a sincronitzar la poesia catalana amb la gran tradició europea (de Petrarca a Baudelaire). Carner s'instal·la còmodament en el sonet i instaura de fet la voga sonetista a Catalunya. Entre aquests dos llibres va publicar *Els fruits saborosos* (1906), «una mena de formal bateig meu en literatura», que va ser rebut com a model de poesia classicitzant i li va proporcionar fama entre els seus col·legues i els altres lectors de poesia catalana. Ell mateix va relatar, al pròleg a la segona edició (revisió) del recull (1928), l'entusiasme unànime que va suscitar entre els poetes de la seva generació i entre els més consolidats i admirats: Costa, Alcover, Maragall, Alomar.

Així, doncs, Carner, tot i la seva joventut, era ben considerat fins i tot entre col·legues de més edat. No solament per la seva poesia, sinó també per la intel·ligència, la ironia, la conversa. Els confrares més joves l'admiraven i el reconeixien com a capdavanter indiscutible de generació: «Carner no era per nosaltres l'excèntric ni l'imcomprès de les velles generacions floralesques; era el jovenissim capità d'un moviment que nosaltres pressentíem que també seria el nostre».[5] Segons relaten contemporanis seus, en aquests anys cridava poderosament l'atenció per la seva vistosa indumentària.[6]

5. Josep Maria de Sagarra, *Memòries*. Barcelona: Aedos, 1954.

6. «He dit que aparegueren, de sobte, la figura física i la poesia nova de Josep Carner: l'una i l'altra. Alt, ben plantat, Carner no devia tenir encara vint anys, o tot just els devia haver fets, quan sorgí —precisament del cor de la Barcelona vella— amb una cara fresca, arrodonida i llisa, com una síndria de *Els fruits saborosos*, encara no nats: vestit de pana lleonina, el gec cordat fins dalt, una xalina blava [una corbata llarga i ampla per abrigar-se el coll] amb pèsols blancs, que li guarnia el sotabarba, un enorme capell negre, d'ales airoses, a la manera 'bohèmia' o 'modernista' del temps, uns guants molt clars i unes sabates de color de canari. Era un dandi-poeta d'una mena mai

Va dirigir una nova revista cultural de curta durada, *Empori* (1907-1908), tot i que a la capçalera figura un altre director. Aquest darrer any, precisament, i després d'haver incorporat i assentat el sonet a la seva paleta artística, apareixen els primers assaigs d'un altre gènere líric fonamental: la cançó amorosa, i aquestes provatures, presentades en certàmens literaris o aparegudes a la premsa a partir de 1908, s'incorporen al llibre següent (*Verger de les galanies*). El primer a adonar-se de la importància d'aquesta consecució va ser Carles Riba que, arran de la publicació de *La paraula en el vent* (1914), farà una valoració del guany capital d'aquesta aportació de Carner a la poesia catalana: «a una literatura li és més fàcil pujar fins a l'encelada entonació de l'oda heroica, que conquistar la simplicitat de la cançó».[7]

Un altre camp creatiu que omple de cap a cap la seva trajectòria d'escriptor és la traducció, per ofici i per passió («la traducció és el millor mètode per entrenar-se a ben escriure»).[8] La primera traducció publicada a la premsa, a *L'Aureneta*, és de 1898. La premsa, doncs, torna a ser el marc idoni per acollir textos de diversa índole, abans i després de ser publicats en forma de llibre. Deu anys més tard tradueix tres obres de Shakespeare per compte de l'Editorial Domènech (que publicava les obres del dramaturg anglès traduïdes per diversos autors): *El somni d'una nit d'estiu* (1908), *Les alegres comares de Windsor* (1909) i *La tempesta* (1910). Són uns temps en què *pro pane lucrando* intensifica la dedicació a traduir: *Menjar de franc* (1909) de Tristan Bernard, *El malalt imaginari* (1909) de Molière, *Les floretes de sant Francesc* (1910). Signa també per l'Editorial Domènech, on segurament exercia de director literari, la traducció castellana de *Jacobé* (1909) de Ruyra, una prosa que admirava. I salda el deute contret amb Verdaguer, referent indispensable en l'aprenetatge dels rudiments de la llengua poètica catalana, adaptant al teatre *Canigó* (1910) amb una especial

---

vista. L'estol, patriarcal i resclosit, dels poetes floralistes es quedà literalment esparverat de veure aquella estranya figura. Eren tots gent seriosa i notarial, amb barbes i jaqués de respecte, binocles d'or penjats del coll per un cordonet de seda negra; i molts d'ells escrivien encara amb plomes d'oca —les darreres». Gaziel, «Records d'una altra vida (El cant primaveral de J.C.)» dins *L'obra de J.C.* Barcelona: Selecta, 1959.

7. Carles Riba «*La paraula en el vent*, al marge d'un llibre den J.C.» (1914) dins *Obres completes* II. Barcelona: Edicions 62, 1967.

8. J.C. «De l'art de traduir», dins *Lletres* núm. 3 (1944) [també a Nardi i Pelegrí 1986].

dramatúrgia que incorpora al poema dues terceres parts de versos seus i conserva una tercera part de Verdaguer. Musicada pel mestre Pahissa, l'obra va ser representada a Figueres i a Barcelona.

El 1910 Carner té 26 anys i lluita per guanyar-se la vida, no pas amb les carreres que va estudiar, com anem veient, sinó amb col·laboracions a la premsa i amb treballs editorials, que és el que sap fer i el que li agrada: és un professional de la paraula, de l'escriptura, per bé que els ingressos que aquesta activitat li reporta són molt migrats. Usa la seva llengua per a la creació, en poemes i proses, obres de teatre i traduccions (en vers i en prosa), però també se serveix subsidiàriament del castellà (*el catalán de todos los tiempos que ha escrito mejor el castellano*, dirà d'ell, anys més tard, Ortega y Gasset). En aquesta època continua participant molt activament als nombrosos certàmens literaris que s'organitzen a moltes poblacions de Catalunya. Als primers temps hi participava per veure ratificada la seva obra per un jurat de persones si fa no fa doctes en la matèria, però molt aviat ell i una colla de poetes amics seus es van adonar que l'obtenció d'un gerro artístic com a premi, per molt preciós que fos, era un incentiu molt menys preuat que la prosaica remuneració en metàl·lic, i van aconseguir, amb el temps, d'instaurar aquesta nova modalitat de premis.[9] Va guanyar la Flor Natural als Jocs de Barcelona de 1910. Essent el seu tercer premi ordinari, li donava dret a ser nomenat Mestre en Gai Saber. I així va ser, tot i que no pas sense polèmica, perquè va signar el poema premiat («L'estranya amor») amb un pseudònim (Oleguer Recó), i el procediment va fer dubtar el jurat a l'hora de concedir-li el premi. Carner era amb prou feines tolerat pel Consistori dels Jocs, i les tensions es van fer més evidents el 1915 quan va decidir, amb altres poetes, de proposar al Consistori (un escleròtic reducte de tradicionalistes antinormistes), d'adoptar les normes ortogràfiques de l'Institut. En no aconseguir-ho, va optar per no tornar-hi a participar fins que les normes no hi fossin admeses (fet i fet, set anys: hi va guanyar de nou un premi el 1922).

El 1907, Prat de la Riba, poc després d'haver estat nomenat president de la Diputació de Barcelona, havia creat l'Institut

9. «I aviat Josep Carner, convertit en capitost d'una nova força poètica, assaltà i destruí el Jocs Florals, després de convertir-los per tot Catalunya en una mena de rifa de premis en moneda, que ell i els seus acaparaven estratègicament». Gaziel, «Records... », *art. cit.*

d'Estudis Catalans, i el 1911 va constituir la Secció Filològica, de la qual Carner va ser nomenat secretari. Però el membre més destacat d'aquesta institució capital va ser Pompeu Fabra, que el 1912 publicava la importantíssima *Gramática de la lengua catalana*. Nomenat responsable de les Oficines Lexicogràfiques, Fabra és també l'autor, per bé que no explícit, de les normes ortogràfiques (1913) fetes públiques per l'Institut, eina cabdal en la fixació del català modern. Tomàs Garcés recull a «Conversa amb Josep Carner» (*Revista de Catalunya*, 1927) l'opinió que Fabra i la seva labor normalitzadora mereixien al poeta:

Tinc l'honor d'haver estat, cronològicament, el primer ministerial de l'obra de Pompeu Fabra. Per mi, la qüestió de la fixació de la llengua era, políticament, l'afer més greu que podien escometre els catalans. Ho havem comprovat prou. El cas d'en Fabra s'ha donat poques vegades, tan perfecte, en la història de les literatures: és un cas d'equilibri magnífic entre la ciència i el gust. Sota la direcció d'en Fabra el progrés del català ha estat evident. Tant com el fracàs científic dels seus oponents. I, no obstant, quantes coses vàrem haver de fer per salvar, a l'Institut, el criteri de Pompeu Fabra! Mossèn Clascar, per convertir Xènius, hauria transigit amb la *y*. Van ésser els vots de la Secció de Ciències —qui ho diria!— els que decidiren la qüestió.

Abans de la «batalla normista», el poeta publica un text que, en certa manera, es relaciona amb la discussió de la llengua i els criteris científics que l'han de regir. *La malvestat d'Oriana* (1910) és una llegenda prosimètrica que l'autor fingeix irònicament d'haver copiat de manuscrits medievals «ab escrupolosa pietat arqueològica, a guisa dels scients». El pastitx és, d'altra banda, l'única narració llarga que ha deixat escrita. El llibre següent, *Verger de les galanies* (1911), és el primer format íntegrament per poemes d'amor, el seu primer cançoner amorós. *Les monjoies* (1912), més heterogeni que l'anterior, conté espurnes del gran Carner de *Nabí*.

L'agost de 1911 inicia a *La Veu* la rúbrica «Rims de l'hora», on per primera cop apareix el pseudònim Two. Es tracta de la rúbrica i del pseudònim poètic de més durada que Carner va consolidar a la premsa. S'hi van apuntar altres poetes, de forma més o menys duradora. El primer, Guerau de Liost, amb pseudònim reservat: One. «Rims de l'hora» apareixia sempre a la primera plana del diari i prop de la glossa d'Eugeni d'Ors.

El 28 d'abril de 1912 va morir la seva mare. El mesos de juliol i agost de 1913 va fer un viatge a Anglaterra i Escòcia, que va deixar, com a estela literària, el breu poemari format pels textos que anava enviant a *La Veu*. El 1913-1914 va dirigir la revista *Catalunya*, continuació en català de *La Cataluña* (1907-1910), després *Cataluña* (1911-1912), setmanaris redactats en castellà amb la funció d'exportar a Espanya les idees de la Lliga Regionalista. Eren els temps en què Carner va ser consagrat com a «Príncep dels poetes», sobrenom que ha perdurat en la memòria dels lectors de poesia. Era l'any de la creació de la Mancomunitat. L'any del seu assentament com a poeta: l'any de les *Auques i ventalls* i de *La paraula en el vent* (1914), apareguts el gener i el juny, respectivament. El primer d'aquests dos llibres retrata amb humor la ciutat i els seus personatges, i reelabora gèneres tradicionals i populars; el segon, on senyoregen cançó i sonet, però també romanç i epigrama, ens és presentat pel poeta, al llindar del recull, com «una història planyívola d'amor». Tots dos llibres tenen en comú un ús especialíssim de la ironia. I el fet de representar, als trenta anys, el perfecte acompliment de l'aprenentatge literari.

1915-1936

A principis de juny de 1915 s'embarca cap a Santiago de Xile disposat a casar-se amb una noia xilena, filla de diplomàtic, Carmen de Ossa y Vicuña, que havia viscut un temps a Barcelona, a casa del cònsol xilè, parent seu. El poeta l'havia vista fugaçment a l'església i al Passeig de Gràcia, escenari per excel·lència de les galanies carnerianes. En un relat d'un seu llibre en prosa («La tosseta» dins *Les planetes del verdum*)[10] va transformar en ficció aquesta «visió», aquest festeig ocular amb Carmen. Ell li va escriure una nota quan ella era encara a Barcelona i ella va contestar ja des de Santiago. I, amb aquest sol bagatge, s'embarcà. La seva gran capacitat comunicativa i la seva talla intel·lectual (i unes quantes cartes de recomanació) li van obrir les portes de l'alta societat xilena i el van convertir en centre d'atenció dels cercles cultes de Santiago. Es

10. «És sens dubte americana. Té els ulls tropicals; la seva bellesa és gairebé excessiva i té quelcom d'indefiniblement teatral. Li direm Carmen: aquest nom la descriu una mica...» dins Josep Carner, *Les planetes del verdum*. Barcelona: Publicacions de *La Revista*, 1918.

van casar el primer de setembre de 1915. Al cap de poc van retornar a Barcelona i es van instal·lar al número 11 del carrer Pomaret, a Sarrià. El 1916 naixia la seva filla Anna Maria i 1919 el seu fill Josep. El poeta continuava guanyant-se la vida treballant a *La Veu* i fent feines per editorials, com Muntañola, on traduïa i adaptava obretes infantils al català i al castellà.

Però el 1917 es produeix el cataclisme: la mort de Prat de la Riba, el seu gran valedor. I amb la seva mort comença a decaure la presència i la influència de Carner a *La Veu*. Ell sempre s'havia identificat més amb Prat que no pas amb el partit, i ara es veia *confinat* pels nous capitostos de la Lliga a la direcció literària d'un projecte cultural de primer ordre concebut per ell mateix i per Prat de la Riba. Es tracta de l'Editorial Catalana, una empresa amb accionistes de la Lliga, nascuda amb la voluntat de publicar revistes i col·leccions literàries: la «Biblioteca Catalana» i sobretot la «Biblioteca Literària», que publicarà cada mes un llibre d'un escriptor estranger de renom amb traduccions de qualitat («d'autor») i tiratges alts. Així doncs, Carner tradueix. De l'anglès i del francès. Tradueix una mitjana d'un llibre cada dos mesos els primers dos anys de vida de l'editorial (1918-1919). Algun testimoni coetani (Josep Pla) ha relatat, admirat, com solia traduir Carner, llibre en mà, dictant directament a una secretària i repassant el mecanoscrit abans de lliurar-lo a la impremta. Aquesta aptitud excepcional, juntament amb les seves dots d'orador i conversador prodigiós, ja forma part de la mitologia carneriana. Assumeix la direcció, el primer any, de la revista més emblemàtica de l'editorial, *D'Ací d'Allà* (1918-1936). I aquell mateix any publica *Les planetes del verdum* (1918), un recull de contes que havien anat apareixent a les pàgines de *La Veu*. *Bella terra bella gent* (1918) i *L'oreig entre les canyes* (1920), dos nous i admirables llibres de poemes, són els dos primers publicats despres d'*Auques i ventalls* i de *La paraula en el vent*.

El 1920, de manera totalment inesperada, es presenta a oposicions al cos consular, a l'últim moment, quan ja es tancava el termini d'inscripció. Les raons d'aquest sobtat determini de reorientar la seva carrera professional, que comportava haver-se'n d'anar a viure a l'estranger, s'han de buscar en el fet que Carner feia gairebé vint anys que vivia migradament de la ploma. Ell, que és essencialment un poeta, és també un professional del periodisme i de la traducció. Però aquesta és una mena de professió econòmicament precària per una família amb dos fillls i el pare, ja vell (la mare havia mort el 1912).

Aquesta precarietat és segurament allò que va pesar més a l'hora de presentar-se a finals de 1920 a les oposicions al cos consular. La raó principal no acaba d'invalidar del tot la incidència que hi podien haver tingut les fredes relacions amb els nous factòtums de la Lliga (amb Cambó, esclar), ni fins i tot el pes que hi podria haver tingut l'opinió de la seva muller, de família de diplomàtics. En els anys subsegüents es van produir dues menes de reaccions davant la decisió presa per Carner: hi va haver qui ho va entendre com una deserció, i qui va compendre perfectament la determinació del poeta, que no feia sinó posar de manifest la incapacitat de Catalunya per assegurar el futur dels seus intel·lectuals més rellevants.

El cas és que Carner va encetar una carrera que el va portar a viure regularment fora de Catalunya (els avatars de la història van fer que hi hagués de viure més de mitja vida): va exercir de vicecònsol a Gènova (1921-1924), primera destinació d'una carrera que el durà a San José de Costa Rica (1924-1926), Le Havre (1927-1932), Hendaia (1932-1934), Madrid (1934-1935), Beirut (1935-1936), Brussel·les (1936-1937), París (1937-1938). Aquesta mobilitat de destins professionals contribueix a crear la imatge d'un Carner cosmopolita, coneixedor de llengües, de gent, de cultures, i que tot i viure a l'estranger, no deixava de tenir una innegable presència a Catalunya. Carner sempre era notícia i els diaris de l'època donaven compte dels seus continus viatges: 'El gran poeta Josep Carner acaba d'arribar de tal lloc, s'estarà uns dies entre nosaltres, i se'n tornarà tal altre dia a tal altre lloc'. No va deixar mai de sentir-se vinculat a Catalunya com a ciutadà, com ho demostra el fet que, a través del seu gran amic Jaume Bofill i Mates, abonés l'escissió de la Lliga i s'adherís a la creació d'un nou partit, Acció Catalana, des d'una posició ja absolutament contrària als plantejaments polítics de la vella formació. El seu nom seguia despertant l'atenció dels lectors (els articles de Carner, els poemes de Carner). I ell continuava 'tirant' (presentant poemes inèdits) a certàmens literaris. I l'aparició de llibres no deixava de ser regular: dos volums de proses, *La creació d'Eva i altres contes* (1922) i *Les bonhomies* (1925), constituïts com tots els anteriors per textos apareguts a *La Veu*, i *La inútil ofrena* (1924), una extensa antologia de poesia amorosa, amb un important pròleg de l'autor. El poeta hi escomet per primer cop una ordenació temàtica de la seva obra, revisant-la lleument. L'antologia trenca també amb una tradició: Carner sempre s'havia fet imprimir ell mateix els llibres de poemes (els onze llibres anteriors) fent-se càrrec de les despeses i cedint a un distribuïdor el dret de venda. A diferència curiosament de la prosa i el teatre, que sempre havien estat vinculats a una empresa editora. *La inútil ofrena* és en tot cas el primer llibre de poemes publicat per una editorial. La seva absència de Barcelona, doncs, farà que alguns hàbits inveterats deixin de ser-ho per sempre més.

Tampoc no va desparèixer el seu nom de la premsa durant l'etapa més delicada d'abans de la guerra civil, la de la dictadura del general Primo de Rivera (1923-1930), assaig general d'opereta de la terrible tragèdia que s'acostava. Carner seguia enviant articles a *La Veu*, a *La Publicitat*, a *El Sol* de Madrid, posant en perill la seva condició de funcionari, col·laborant en tribunes d'opinió obertament contràries a la dictadura i al Partido de Unidad Patriótica (PUP), els «pupins» com els deia ell. A *La Veu*, el 1925, hi publica breus proses contra el règim militar, contra la censura militar (l'Anastàsia), d'una causticitat extrema, que més tard reunirà en un volum signat amb el pseudònim de Bellafila: *Tres estels i un ròssec* (1927).

Abans, havia aparegut un nou llibre de poemes, *El cor quiet* (1925), i també un llibret lliurat als assistents d'una sessió poètica i musical celebrada al Palau de la Música i dedicada a la seva figura, *Sons de lira i flabiol* (1927), breu antologia poètica amb uns quants textos inèdits. Després, encara sota la dictadura, va escriure la lletra d'una òpera d'Eduard Toldrà, *El giravolt de maig* (1928), estrenada al Palau amb figurins de Xavier Nogués. Li va fer molta il·lusió de retrobar-se amb el món del teatre, del teatre líric, amb una obra que ell qualificava simpàticament com a petita òpera mozartiana. Aquest mateix any va sotmetre a revisió un dels seus primers llibres, *Els fruits saborosos* (1906, 1928). I en un dels seus darrers treballs a *La Veu* («Bastir-se un clos») reinvindica el dret al control de la pròpia obra i el dret a ser remunerat per les revistes que publiquen textos sortits de la seva ploma. L'article suscita un debat sobre la professionalització de l'escriptor que el mateix Carner rebla en un altre article («El clos ja apunta»), que és una de les seves primeres col·laboracions a *La Publicitat*, diari pròxim a Acció Catalana, on col·laborarà fins a finals del 1936.

En aquests anys no va deixar d'exercir tampoc l'ofici de traductor. Tradueix *Robinson Crusoe* (1925) de Defoe, *Alícia en terra de meravelles* (1927) de Carroll, *Pickwick* (1931) de Dickens, que són veritables models de la llengua literària anterior a la guerra civil (de fet, i sobretot, són mostres de la més característica prosa carneriana). Republicà convençut de molt abans de l'adveniment de la República (1931), el nou règim polític no li va comportar cap canvi significatiu en el terreny professional ni tampoc, esclar, en el literari. Es van esvair, en canvi, alguns temors, alimentats per la dictadura, sobre una destinació consular a alguna ciutat poc desitjada i poc salubre (com Pernambuco, al Brasil).

I en el terreny literari, el 1933 va guanyar la Flor Natural dels Jocs de Barcelona, els del centenari de la Renaixença. Entre aquest any i el 1936 van aparèixer cinc llibres de poemes: *El veire encantat* (1933), *Lluna i llanterna* (1935), una «represa de temes xinesos», que parteix de la famosa traducció anglesa d'Arthur Waley, i els tres primers volums de Poemes de Josep Carner, on reedita dos llibres anteriors revisats, *Auques i ventalls* (1935) i *Bella terra bella gent* (1936), i n'edita un de nou, *La primavera al poblet* (1935). Aquest projecte de seriar els llibres de versos conduïa a una ordenació de la seva obra diferent de la que seguirà més endavant.

Vivia amb la seva família al Líban. Era el cònsol d'Espanya a Beirut, càrrec que va exercir del 20-V-1935 al 10-IX-1936. D'aquests mesos, tenim una extraordinària col·lecció de proses enviades a *La Publicitat* i acollides en un rúbrica diarística intitulada *Del Pròxim Orient*: «Em creia de venir a l'Orient per primer cop. Però ningú no hi ve per primer cop. L'Orient no és pas l'indret on es va, sinó l'indret on es torna» (4-VI-1935). Hi publicà un total de vuitanta-tres proses, l'última apareixia el 20-X-1936.

Però els temps anteriors a la guerra van ser íntimament durs per Carner degut a un seguit de fets luctuosos. El 2 d'abril de 1933 moria el seu gran amic Jaume Bofill i Mates (*sense la teva dolça companyia | fóra enutjosa la immortalitat*). El 15 de gener de 1935 moria el seu pare. Poc després, moria el pare Miquel d'Esplugues (el «venerable amic» del poema onomàstic d'*El cor quiet*). El cop més dur de tots va arribar el 26 d'octubre: Carmen, la seva muller, moria, a Beirut, com a conseqüència d'un atac agut d'apendicitis esdevingut en una zona muntanyosa del Líban, sense possibilitats de poder arribar amb rapidesa a un centre hospitalari. I el 1936 va esclatar la guerra civil.

1936-1970

Carner havia donat suport a la candidatura del Front Popular i va seguir fins al final sent fidel a la República des dels seus càrrecs, un dels pocs diplomàtics de carrera que es van mantenir lleials a la legalitat constitucional. En aquests anys de guerra, va obtenir algun ascens important: Secretari d'Ambaixada a Brussel·les, del 18-IX-1936 al 29-VI-1937 (ciutat on va conèixer Émilie Noulet, la seva futura esposa, i on viuria els vint-i-cinc últims anys de la seva vida), Conseller d'Ambaixada a París, del 23-VII-1937 al 31-X-1938 (i on el 10 d'agost de 1937 es va casar amb Émilie Noulet) i finalment va ser nomenat Ambaixador a Bucarest, el novembre d'aquell any fatídic, però ja no va pendre possessió del càrrec. La imminència del desenllaç de la guerra i el triomf del bàndol nacional, amb totes les conseqüències funestes que ja es podien preveure, el van fer decidir a donar per acabada la seva carrera diplomàtica.

Des de finals de 1936, el poeta va sentir la necessitat de recloure's en un silenci respectuós i expectant i va deixar de publicar proses o poemes als diaris de Barcelona. «En la triste pendiente de 1938 [...] quise entregarme de nuevo al encanto de una muy venerable leyenda: la irónica y dulcísima didáctica del perdón. En aquel otoño parisiense, escribí prácticamente todo mi poema, fiel a mi nativa lengua catalana, contra la cual se encarniza hoy una Nínive pigmea». La tardor de 1938, a París, va escriure el seu poema màxim, *Nabí*, segons explica ell mateix en aquest text que encapçala la traducció espanyola publicada a Mèxic (1940). A mitjan octubre de 1938, el poeta va lliurar el poema, aleshores intitulat *Jonàs*, a la Institució de les Lletres Catalanes per mitjà de Carles Pi i Sunyer, Conseller de la Generalitat, que havia viatjat a París. Les proves d'impremta de finals de 1938 són testimoni de la publicació imminent del llibre, avortada *manu militari* amb l'entrada a Barcelona, el 24 de gener de 1939, de les tropes franquistes comandades per Yagüe. El poema no es va editar fins el 1941, a Buenos Aires, un any després d'haver-se publicat la traducció espanyola, i es va difondre sobretot entre els exiliats catalans residents a Amèrica. La difusió a Catalunya va ser escassíssima. Com també va ser òbviament restringida la circulació de l'edició clandestina impresa a Barcelona el 1947 (amb falsa data de 1938, per despistar la censura), que es venia furtivament a la rebotiga d'algunes llibreries. Fins el 1957, en què aparegué no com a llibre solt, sinó dins de *Poesia*, *Nabí* (ara amb accent a la í: a les tres edicions anteriors el poema s'intitulava *Nabi*) no serà posat regularment a la venda. Aquesta és a grans trets l'atzarosa història editorial d'una de les obres mestres més absolutes de la literatura catalana de tots els temps.

Pel maig de 1939, com tantes altres víctimes de la guerra civil, Carner es va exiliar a Amèrica fugint d'una Europa que començava a mostrar la seva cara més hostil. Va fer el viatge en vaixell fins a Nova York i, d'allí, en autocar fins a Ciutat de Mèxic. En unes condicions més que acceptables. Va salpar de França, a bord del Veedam, el 6 de maig de 1939, i arribava a Mèxic el 26. Segons Nigel Dennis, a l'expedició hi havia «figuras destacadas de la intelectualidad republicana», entre elles: Eduardo Ugarte, Juan Larrea, Joaquim Xirau, Emilio Prados, Paulino Massip, Josep Renau, convidades pel govern mexicà. Integraven una comissió oficial de la Junta de Cultura Espanyola, un organisme clau per al trasllat i la manutenció de personalitats. Era presidida per un membre de la Delegació cultural de l'Ambaixada Republicana de París: José Bergamín, ànima de *Cruz y Raya*, assagista i aforista sagaç. *La España peregrina* començava a caminar per la diàspora. Carner se'n va anar sol, sense la família. La seva segona dona hi va viatjar dies després. Com el seu fill, de vint anys, que va lluitar en l'exèrcit de la República. La seva filla, de vint-i-dos, era als Estats Units: havia obtingut una beca en una Universitat americana (havia estudiat a l'escola americana de Beirut). Acostumat al nomadisme a què l'havia avesat la carrera consular i diplomàtica, el poeta es va adaptar bé a Mèxic. Es va obrir camí entre poetes. Es va fer amic d'Alfonso Reyes, de la seva mateixa generació. En els sis anys que hi va residir, es va guanyar la vida dirigint diverses editorials i traduint una quinzena d'obres de disciplines molt variades. Es va ocupar també de promoure o de col·laborar en algunes publicacions catalanes d'exili. Nomenat professor extraordinari de la Facultat de Filosofia i Lletres, hi professà Història Política del Segle XIX i Literatura Comparada. Va ser membre del prestigiós Colegio de México. I en homenatge al país que l'havia acollit, va escriure la seva més gran obra de teatre, basada en una llegenda precolombina, *Misterio de Quanaxhuata* (1943), més endavant reescrita en català, *El Ben cofat i l'Altre* (1951). I després traduïda al francès, *L'Ébouriffé* (1963).

El setembre de 1945, acabada la segona guerra mundial, retorna a Europa i s'instal·la a Bèlgica. Acabat d'arribar, accepta de formar part de l'únic govern de la Generalitat a l'exili, presidit per Josep Irla i integrat per personalitats del camp de la cultura i la política (Fabra, Rovira i Virgili, Pi i Sunyer, Comorera), govern que va cessar el 1948. A Brussel·les, la ciutat de la seva segona muller, estudiosa de poesia francesa contemporània i professora de la Universitat Lliure, és on Carner va viure els vint-i-cinc darrers anys de la seva vida, exercint de professor a la mateixa universitat que Émilie Noulet. Hi va ostentar el càrrec de director de l'Institut Hispanique fins a la seva jubilació acadèmica el 1954.

Els anys següents al retorn a Europa són anys de reflexió sobre l'obra poètica i sobre la conveniència de revisar-la profundament. *Paliers* (1950), *Llunyania* (1952) i *Arbres* (1953) mostren que el procés de revisió ha començat a fer camí: són llibres que comparteixen la característica de combinar poemes nous amb vells poemes revisats. Un d'ells, *Arbres*, passarà a formar una de les seccions del gran llibre que Carner ja està preparant. De fet, tots tres són l'avantsala de *Poesia* (1957), els replans cap al seu llibre de llibres, que conté 896 poemes, molts dels quals, 795, havien estat publicats anteriorment i ara són revisats a fons pel poeta. Al pròleg de *Llunyania* (1952), Carner, immers en la dràstica revisió de la seva obra, exposa les raons d'aquesta «saludable irreverència envers el meu passat». *Poesia* (1957) es va presentar com un primer volum d'unes *Obres Completes*, mai no completades per l'autor. El llibre s'organitza en tretze seccions, que no mantenen ni el títol ni l'estructura dels llibres anteriors, llevat de dos casos que conserven el títol i el mateix nombre de poemes que el seus homònims, Els fruits saborosos (I) i Nabí (XI). Dues seccions més, Auques i ventalls (III) i Lluna i llanterna (XII), conserven el mateix títol, però el nombre i la disposició dels poemes hi ha variat. Els títols de les altres nou seccions són genèrics i emparen poemes de diversa procedència i de temàtica afí: Lloc, Llegendari, Ofrena, Llunari, Arbres, Cor quiet, Verb, Mar, Absència.[11] *Poesia* no és, doncs, una juxtaposició de llibres anteriors, sinó la construcció d'una nova estructura poemàtica formada per poemes revisats que havien format part de llibres anteriors. Una summa poètica.

Encara en els anys següents, depassada llargament la setantena, Carner continuarà donant mostres de la seva vitalitat creadora. Publicarà a París la traducció francesa de *Nabi* (1959), signada conjuntament amb Émilie Noulet. Escriure, revisar, reescriure serà encara i de nou la seva activitat prioritària, fins i tot més enllà de *Poesia*. Una plaqueta intitulada *Lligam* (1961), de vint-i-tres poemes, nou dels quals inèdits, n'és la primera mostra.

11. Per a la formació del llibre, vegeu la Introducció a l'edició de *Poesia* [Coll 1992a].

El 1962 una comissió d'intel·lectuals catalans va decidir de presentar la candidatura de Carner al premi Nobel de Literatura. S'hi van adherir algunes universitats i institucions culturals europees, professors i intel·lectuals d'arreu del món. Es van editar antologies poètiques en diverses llengües per donar a conèixer la seva poesia, però res no va ser prou ni res no hagués estat suficient per vèncer la forta pressió contrària exercida per la dictadura espanyola i, en definitiva, per poder superar l'handicap d'haver escrit en una llengua sense Estat.

Els dos anys següents són d'una fèrtil activitat editorial. El 1963 publica dues traduccions teatrals i un llibre de versos en dues redaccions: el breu *Museu zoològic* (1963), del qual existeix una edició espanyola, *Museo zoológico*, i apareixia a Brussel·les la traducció d'una peça de teatre encara no publicada en llengua original, *Coup de vent*. El mateix any que, a París, Gallimard editava *L'Ébouriffé*, traducció del *Misterio de Quanaxhuata* signada per Roger Caillois i Émilie Noulet. L'any del seu vuitantè aniversari, el 1964, se celebra doblement: amb la trentaunena traducció catalana publicada en forma de llibre, *David Copperfield* de Dickens, i amb un nou llibre animalístic, ara molt més poblat, de 154 poemes: *Bestiari*.

Però va arribar la maltempsada a mitjan agost de 1965. La seva muller en va fer un report dramàtic a Joan Baptista Cendrós, el darrer editor del poeta. És una carta d'Émilie Noulet, datada el 31-VIII-1965, que relata la primera manifestació greu d'amnèsia que va sofrir el poeta, causada per l'arteriosclerosi que patia:

Confidentielle

Le docteur défend qu'on lui en parle et qu'on l'interroge, si vous lui écrivez *ne pas faire allusion* à tout ceci.

31 août 65. Cher Monsieur Cendrós: Mon cher mari ne sera plus longtemps capable de faire un travail suivi intellectuel. Sa mémoire est de plus en plus défaillante et sa capacité de travail à peu près nulle. Il a beaucoup changé intellectuellement.

Il s'est passé ceci il y a 15 jours: Il faisait sa petite promenade habituelle quand tout à coup il fut frappé d'amnétie totale. J'étais à la maison, mercredi, il y a 15 jours. À 7 heures du soir, il n'était pas encore rentré, ni à 8, ni à 9 heures, 10 h. 11 h. minuit. J'étais folle d'angoisse et je supposais le pire me demandant où il était... À minuit des amis sont venus à mon appel, et ont fait, en voiture, son trajet habituel. Rien. Toute la nuit a passé. Le lendemain matin, j'ai alerté le parquet, la police judiciaire, le Procureur du Roi, M. Spaar. À midi, chaque agent de police avait son signalement, la radio et les journaux mentionnèrent sa disparition. Toute la journée passa. Enfin, à minuit 1/2, coup de téléphone, on l'a retrouvé bien loin de chez nous, *épuisé*.

Josep Carner ja no es va recuperar del tot d'aquesta crisi de salut. Al final d'aquesta carta que hem llegit, la seva esposa, que el veia fort físicament, demanava rapidesa a Cendrós per tirar endavant el llibre que el poeta tenia entre mans, *El tomb de l'any* (1966). Però Carner ja no va controlar-lo del tot. Ni tampoc una darrera obra, aquella que s'havia publicat abans en francès: *Cop de vent* (1966) posa el colofó a la seva obra impresa inèdita i publicada en vida, i és justament una peça de teatre, la mateixa modalitat artística amb la qual s'havia iniciat seixanta-cinc anys abans, el 1901, amb *Al vapor*.

Aquesta dilatadíssima vida d'escriptor, d'una densitat veritablement excepcional, té, fins i tot, una plasmació quantitativa sorprenent: si a les seves obres publicades en llibre hi sumem els centenars de textos publicats a la premsa i no reunits mai en volum i les traduccions, el resultat ofereix el conjunt més voluminós mai sortit de la ploma d'un escriptor català.

L'«omnibus» per al qual tan havia maldat Josep Maria Cruzet (que havia desaparegut el 1961), serà una realitat el 1968. Però en aquestes, *soi-disant Obres completes* (*Poesia. Prosa. Teatre*), completades de qualsevol manera, Carner ja no hi tindrà res a veure.

Els primers dies d'abril de 1970, malalt, tornava a Catalunya, després de més de trenta anys d'absència. Va ser una estada breu i emotiva, amb moments de lucidesa i moments d'opacitat. L'estada va coincidir amb l'atorgament del segon Premi d'Honor de les Lletres Catalanes. Era una magnífica ocasió de retre un homenatge al gran poeta. Però algun membre del jurat va considerar que un vell malalt no havia de ser cridat a la festa, i el seu nom va ser vergonyosament arraconat. Dos mesos després d'haver-se retrobat amb la seva terra i amb la seva gent, el dia 4 de juny de 1970, a 86 anys, Josep Carner moria a Brussel·les.

2.
DESCRIPCIÓ DELS TESTIMONIS MAJORS QUE INTERVENEN EN L'EDICIÓ (I NOTÍCIES RELATIVES A L'APARICIÓ DELS LLIBRES)

1. *Arbres* (1953). Còpia mecanoscrita d'autor

Es tracta d'una sèrie, l'única conservada per bé que incompleta, en paper de còpia (paper ceba), del conjunt de fulls mecanografiats que el poeta va enviar a l'editorial per procedir a la publicació d'*Arbres* (1953). El 1983 van arribar a l'Institut d'Estudis Catalans les capses que contenien el llegat de Josep Carner, capses que havien dormit uns quants anys al magatzem de l'editor Joan B. Cendrós, mecenes del trasllat de la documentació de Brussel·les a Barcelona el 1975 (els avatars de les capses s'expliquen a la nota 5 de la Introducció de Coll 1992a). Amb l'ajut indispensable de l'enyorat Antoni Comas, vaig aconseguir que Cendrós i el secretari de l'Institut, Ramon Aramon i Serra, es posessin d'acord per al trasllat de la documentació. Amb paciència, vaig reconstruir aquesta i altres seqüències de llibres de poesia disperses entre els centenars de fulls de còpies de poemes. Abans de poder procedir a aquesta operació, un funcionari de l'Institut va numerar els fulls tal com rajaven dels separadors o carpetes. És una numeració que no tinc en compte, perquè ni pertany a l'autor ni a cap conscient i raonada ordenació del llegat. El material es conserva actualment al Fons Josep Carner de la Biblioteca de Catalunya. El resultat de la reconstrucció que afecta el conjunt de *Poesia* (1957) el vaig exposar a la meva tesi: *Edició crítica de la poesia de Josep Carner publicada en llibre*. 4 volums en 5 toms. Universitat de Barcelona, 1991.

Es conserven, sense ser numerats per l'autor, 25 fulls, que numero entre claudàtors (i es conserven 3 fulls més que no formen part de la seqüència primitiva, i 1 full de còpia de f [3]). Falten 4 fulls per tenir sencera la seqüència primera del llibre: *Arbres* (1-54). És, doncs, una còpia incompleta del llibre *Arbres*: 60 poemes. Els fulls, molt aprofitats (s'hi compten de 57 a 62 ratlles a cada un), reporten 44 poemes sencers i 4 d'incomplets, picats un darrere l'altre. En falten 12 (+ la part corresponent als 4 incomplets). El primer full s'encapçala amb el títol: *Ar-*

bres. Els números d'ordre expressat corresponen al llibre, no a la secció homònima de *Poesia*.

ff [1-8]: poemes 1-19, falta el poema 20* ‖ ff [9-10]: poema 21.I-V.17 ‖ falta f [11]: poemes 21.V.18-29 i 22-25 ‖ ff [12-13] poemes 26-30** ‖ falta f [14]: poema 31 ‖ ff [15-18]: poemes 32-40 ‖ falta f [19]: poemes 41 i 42.1-21 ‖ ff [20-25] poemes 42.22-final, 43-47.1-14 ‖ falta f [26]: poema 47.14-final, 48 ‖ ff [27-29]: poemes 49-54.***

f [30]: full que no té res a veure amb la seqüència descrita. Conté una forma molt anterior de 56: «Arbre primer». És el testimoni que conté més variants respecte a *Arbres*.

f [31]: full de còpia pertanyent a l'última tramesa de poemes admesa a *Arbres* (vegeu Introducció). Conté el final de «Lamentació dels cedres del Líban» (vv. 51-55) i 60: «A un avet jove», que s'acaba a mig full.

f [32]: full també posterior contenint «Conversa» P 577.

Variants de mcsArb respecte a *Arbres* (1953)

518.10 *té l'acs deixies* d'alba ‖ **17** d'àngel *les albes* vora ‖ **20** crida *al* flabiol ❧ **519.VI.4** *brancal* ‖ **VII.1** *hort;* ❧ **521.6** *dansa;* ❧ **522.1** *serra* [sic] ❧ **524.2** *entenent.—* ❧ **525.7** *la perera* al ❧ **527.2** *guarnit* [sic] ❧ **530.10** *vent* [sic] ❧ **531.1** el *tossal* més p. [turó]: *al marge com a variant alternativa*] ❧ **534.34** tant *li plagué,* sempre ‖ **77** *blanques* [sic] ‖ **89** *tristesa,* ❧ **536** [vegeu la

* El poema és «Om florit» (P 536), de quatre versos, que cabria a f[8]: ocuparia set ratlles comptant-hi el títol i les blanques. Aquest full, doncs, no és potser la còpia exacta del que es devia enviar a l'editorial, que devia contenir aquest text al final. En els mcs de *Poesia* el poema apareix a la secció Llunari (però no hi va ser inclòs), en un full no numerat de la seqüència primaveral, que comença amb el final de «Canvi» (P 445) i on hi ha altres poemes . El text segueix PrP amb el títol canviat: «Dia pasqual».

** El poema 27 («Desmai» P 543) també forma part dels mcs de la seqüència de tardor de la secció Llunari, on finalment no va ser inclòs. Figura en un full encapçalat per l'acabament de P 484, «Èxtasi del bou», i ostenta el títol «Arbre i núvol».

*** El poema de l'últim full, f [29], s'acaba a mig aire del paper (seguit d'un espai de vint ratlles lliures). Aquesta circumstància, afegida a les notícies de tramesa, en dues sèries, dels darrers poemes de la col·lecció (55-57 i 58-60, vegeu Introducció), permeten concloure que el poema, «A un auró» (Arb 54), tancava el llibre en la primera redacció tramesa per l'autor a l'editorial.

nota * de la Descripció. Variants del testimoni de Llunari:] Títol «Dia pasqual» || **1** *estrenaren* [= PrP] ❧ *blaves,* || **4** *l'om,* [= PrP] ❧ **537.II.13** l'atuït, *a* l'acaçat, *al que* s. || **III.32** *I* || **V.19** *mesquí—,* || **V.14** *d'estiu* [sic] ❧ **542.9** Destí, *tan de soberg* em f. ❧ **543** [vegeu la nota ** de la Descripció. Variants del testimoni de Llunari:] Títol «Arbre i núvol» || **1** dolç *de* cada || **2** *l'únic* que || **6** rodones *estufades* ❧ **545.16-18** *En fruits d'aquest arbre fidel,* | *collits sota escletxes de cel,* | *l'or pàl·lid al gris s'agermana;* || **19** poc *tenen* sentor c. || **21** *Nasqueren d'escalf massa fi* || **22** i *d'enaiguament* D. || **24** dia, *de foc,* a P. ❧ **546.8** *d'incontables* ❧ **552.25** nació *jocunda* || **27** Fosca *profunda* || **35** braços *que enlairen* divines c. ❧ **555.16-17** [canvi de full] || **18-19** esp. estr. ❧ **556.16** *malmirós,* ❧ **559.10** *gegantessa* que ❧ **560.4** *sospirs.—* || **11** *seus tenia* [sic] || **16** *capmall.—* || **28** *estel.—* || **35** *dels estel* [sic] || 37 *sospirava,* ❧ **561.17** vist *sol o múltiple en* monacal *seguici* || **40-41** esp. estr. || **46** *pensament:* ❧ **562.2** *riba,* || **30** *l'amarga,* || **32** que *en* tu || **55** *t'extens* || **68** *roquetera.—* ❧ **565.8** *buit.—* || **14** *d'oblit.—* || **16** *nit?—* || **17** *esgarriada* ❧ **566**.1 *dissolvent-se,* || **13** *visquérem—.* || **21** *sap* ❧ **567.9** *reposa:* ❧ **569.2** *—Me'n* ❧ **570.21** *llibres,* ❧ **573.1** *tendal* que *esborrres angoixes i* d. || **2** i ens *portes llocs no vistos i* gent || **3** *immemorial,* amb || **4** arbres, *gran arbre de la nit!* || **5** *¡O més potent que el* dia || **6** *o* més ❧ *escarbotada!* || **7-10** *Arbre primer, retorces la rel i la brancada* | *i estranyament serpeges per vies d'infinit.* | *¿Què val el plany de l'home? ¿Què va cercant la vida?* | *Tot mor a ton ombratge, les veus i la mentida.* || **12** *itinerari:* || **13** *en el* batec ❧ *planetari,* || **14** *t'allunyes del nou* dia *per a* extingir ❧ **576.2** *al peu mateix* d'una || **7** *en* pedruscall e. || **8** vent, *fendir* la *pedra,* ❧

2. *Arbres* (1953)

[Arb] Josep Carner | ARBRES | Nota preliminar de Marià Manent | [marca tipogràfica] || Editorial Selecta, S.A. | Barcelona [1953]

60 poemes

Enquadernació en tela grisa, protegida amb sobrecoberta. A la coberta anterior, motiu ornamental, gravat en or, uns arbres, i, al llom, autor i títol, també en or; a la sobrecoberta, l'anagrama de la col·lecció: una aglà i una fulla grossa de roure, retallada en blanc sobre fons verd clar, dins la qual, en tinta negra, hi consta el nom de l'autor, el títol i el motiu ornamental de la coberta; al llom: autor i títol (dins d'un rectangle blanc allargat), marca tipogràfica i col·lecció, el número de la qual, molt visible, apareix dins un cercle blanc; a la sobrecoberta posterior: *Biblioteca Selecta* (relació dels últims volums publicats a la col·lecció); a la solapa anterior: *Arbres* (nota editorial sobre el llibre); a la posterior: *Biblioteca Selecta* (informació sobre la col·lecció).

Format: 14 × 10 cm; p.: 256 (16 plecs de 16 p. —el primer full del primer plec i el darrer de l'últim estan adherits a les tapes— + 1 full de làmina). Suport: paper d'edició.

Tiratge: No consta. Segurament 2.000 exemplars (font: epistolaris). El llibre té una sola presentació: en tela i sobrecoberta (i no pas en la modalitat en rústega o en la relligada en pell de color granat, com havia estat costum de la col·lecció). Preu de venda: No consta, però 35 pta. (0,21 €).

Contingut: [1-4] guardes; [5] portadella: (motiu ornamental de la portada i títol); [s. n.] full de làmina: perfil del rostre del poeta (dibuix realitzat per Xavier Nogués el 1928). Al peu, signatura actual de Carner. [7] portada; [8] crèdits: *Biblioteca Selecta* ‖ *133* | *Edicions de* | *ARBRES* | *Primera: 1953* | *Encapçalen aquest volum el retrat* | *—croquis de Xavier Nogués— i la* | *signatura de l'autor.* ‖ *Propietat literària reservada* | *Impremta Ariel, S.L. —Aragó, 255— Barcelona*; [9] *Notícia biogràfica*; [11]-15 pròleg de Marià Manent: *Nota preliminar**; [17]-239 poemes; [241-245] taula: *Índex*; [247-251] informació editorial; [253-256] guardes.

Data d'aparició: primers de setembre. Font: *Destino*, 12-IX-1953: primer anunci publicitari: «El gran poeta | Josep Carner | nos ofrece un aspecto sorpren|dentemente variado de | su producción literaria integrado | totalmente por el tema enunciado: ‖ ARBRES ‖ [fragment de la Nota Preliminar de Manent] ‖ Vol. 133 de la Biblioteca Selecta | Ptas. 35 | Distribución: Casa del libro».

*NOTA PRELIMINAR

Tot un llibre vegetal, tot un llibre parlant dels arbres —dirà el lector indecís— perilla de tendir a la monotonia. Però Josep Carner és l'autor d'*Els fruits saborosos*, i en aquell recull primicer la unitat de tema no exclou pas la més deliciosa i viva diversitat. Més accentuada, més sorprenent encara és la diversitat del present llibre. Centrats per la companyia vegetal, hi ha els viatges, les inquietuds, les esperances i meditacions del poeta: tota la seva vida, podríem dir, cenyida d'un murmuri de branques casolanes i exòtiques.

Hi ha l'ametlleret florint en un hort de novícies; l'olivera amb posat de conversa; el presseguer amagadís; els plàtans que han vist la tensió tràgica i la fina dolçor de la vida barcelonina; l'acàcia de les estacions polsoses i els jardinets mesquins; el pi, el faig i el bedoll de la nostra muntanya. Però també els pollancs de França, l'eucaliptus que ombrejà el poeta a Quarto dei Mille, els salzes d'una ciutat criolla i fantasmal o la xicranda malva, encesa: *Música es tornà la saba | com d'un innombrable amor...*

La immediatesa del record o de l'observació directa es lliga en aquests poemes amb les llunyanies del mite i de la història. El Sarrià nocturn i la llum filtrada de Passy, Hècate, Venus, l'Antic Testament i les guerres d'Amèrica brollen ací d'un murmuri d'arbres.

Josep Carner, poeta de poderosa imaginació, sap expressar la recòndita vida vegetal emmurada en el seu misteri: *S'ofèn cada rel, cada fulla, | del crit i la corrua dels estranys | i es dolen amb enyor sota l'escorça clara | les anelles dels anys.*

Però el poeta no s'atarda en la contemplació d'una Natura hostil, allunyada de l'home. Els seus arbres ens parlen i ens somriuen. Són un impuls *frenat en una fèrtil esperança*, una lliçó d'equilibri: *el moviment dels núvols agermanes | amb el descans del roc*.

Tal com l'antropomorfisme amb què Proust dibuixà sovint les coses revela el seu apassionat interès per l'home, el predomini de les seves motivacions psicològiques i socials, els arbres de Josep Carner són també tots girats a la nostra vida. En el poema «Xiprer» hi ha com una apoteosi d'aquesta aliança entre l'arbre i l'home: l'evocació de l'arbre antic, incorruptible, *tot pensament*, que en una baga de rels *guarda l'ossada inviolada | del primer nat, Adam*.

I no sabria cap expressió més pura i patètica d'aquesta fidelitat vegetal que el poema «La companyia», un dels millors del recull. És un poema substret al temps, que pot haver-se escrit a Brussel·les l'any 1952, a la França del XVI o la Pèrsia antiga. Només el llum, el llibre, una rosa i un gran arbre acompanyen el poeta en la nit, en el seu autumne aprensiu i solitari; són els *quatre llagoters* que li resten, però ací Josep Carner amaga —ho ha fet sovint— amb un deix irònic la seva profunda tendresa.

No solament diversitat hi ha en aquest llibre, sinó una estranya tensió. Li ve del contrast entre el to joiós i vital de la majoria dels seus poemes (triats al llarg de l'obra ja publicada) i algunes composicions recents, que revelen la temença de l'Oblit implacable. Diríeu que el poeta ha sentit ara i adés la insuportable tristesa dels qui veuen, però en forma molt més tràgica que l'al·lusió rilkiana, com s'aparta d'ells «el gran rostre de la Vida». L'home perdut en la seva illa breu, en l'oceà del temps històric i prehistòric, contempla l'oblit tentacular, *arbre damunt dels arbres*. Aquesta nota amarga, com treta d'una melodia de Valéry, no és freqüent en el llibre. El seu to predominant és tot altre. És de vida rica i joiosa, de somriure innúmer. Més d'una vegada la poesia carneriana s'ha distingit per la pietat amb què redimeix l'aspecte sòrdid de les coses, coronant de bellesa allò que és tarat i defallent. No basta aquesta vida. Hi ha el jardí secret on es transfiguren les recances, on neixen els ocells que no hagueren vida en els nius malmenats d'aquest món i les alzines que no van poder sorgir de les glans corcades i estèrils. Hi ha *...l'invisible riu per on | van al somrís de Déu les primaveres mortes*.

MARIÀ MANENT
Juny, 1953

3. Arbres, secció de *Poesia* (1957)

[P] JOSEP CARNER | OBRES | COMPLETES | * | POESIA | Pròleg de Marià Manent | [marca tipogràfica] || Editorial Selecta | Barcelona [1957]

896 poemes (61 dels quals pertanyen a la secció setena: Arbres)

Relligat en pell vermella (també exemplars en tela vermella). Al pla: perfil del rostre del poeta [segons el dibuix realitzat per Xavier Nogués el 1928] gravat en or; al llom, inscrit en or: *Josep | Carner | Obres | Completes | * | Poesia || Editorial Selecta*.

Format: 18 × 11 cm.; ps. LXIV + 980 (1 plec de 16 ps. + 31 plecs de 32 + 1 plec de 36). Suport: paper bíblia.

Tiratge: no consta, però 2.000 exemplars. Preu de venda: no consta, però 300 pta. (pell), 250 pta. (tela), segons el primer anunci publicitari de *Destino* (21-XII-1957).

Es van fer, almenys, dues emissions del llibre que afecten exclusivament el relligat: la primera, amb les genives arrodonides, de 500 exemplars (250 en pell; 250 en tela), segons que declaren els editors en la primera liquidació a l'autor el 31-XII-1957; un relligat posterior dels plecs impresos del llibre va ser fet en símil pell sense arrodonir-ne les genives.

Contingut: [I-IV] en blanc; [V] portadella; [full de làmina] reproducció fotogràfica d'un bust del poeta de Lotte Goldschmidt (realitzat per l'escultora vienesa quan el poeta va fer 70 anys, el 1954), amb el peu: *Josep Carner i Puig-oriol* | *Nascut a Barcelona el 5 de febrer de 1884*; [VII] portada; [VIII] crèdits: *Biblioteca Excelsa-11* || *Primera edició* | *Propietat literària reservada* | *Imprès a Barcelona per* | *Impremta Moderna — París, 132 — 1957*; [IX] reproducció d'una signatura del poeta; [XI]-XIV *Notícia biogràfica*; [XV]-LXIII pròleg de Marià Manent; [...] [489]-555 Arbres; [...] *Bibliografia poètica* | de Josep Carner; [907]-975 taula: *Índexs*: *Índex alfabètic de títols dels poemes. Índex alfabètic de primers versos. Índex general*; [977] colofó: *Aquest volum de Poesia, primer de les* | *obres completes de Josep Carner, prolo-*|*gat per Marià Manent, amb frontispici que* | *reprodueix el bust que del poeta féu* | *Mme.Lotte Goldschmidt, i el relligat* | *ornat amb la silueta carneriana que di-*|*buixà Xavier Nogués, ha estat estampat* | *als tallers de la impremta Moderna, de Barcelona, d'on ha sortit enllestit el* | *dia 13 de desembre de 1957, festivitat* | *de Santa Llúcia.*; [979-980] en blanc.

Data d'aparició: segona quinzena de desembre. Font: *Destino*.

14-XII-1957. Anunci dedicat exclusivament al llibre: «[Es reprodueix la fotografia del bust de Lotte Goldschmidt] De inminente aparición en la Biblioteca Selecta || *Obres Completes* de | Josep Carner | Poesia || Pròleg de M. Manent | Los 850 poemas de Josep Carner —muchos de | ellos inéditos— reunidos por primera vez en la | cuidada versión que el poeta ha llevado a cabo | en su gloriosa senectud. | Bibliografia. Índice alfabético de primeros | versos. Más de 1.000 páginas. || Editorial Selecta — Distribución: Casa del Libro».

21-XII-1957. Anunci de novetats de l'editorial: «Libros: el regalo que perdura | Editorial Selecta ofrece: || [...] || En la Biblioteca Excelsa: | Obres completes de | Josep Carner* (Poesia) | Pròleg de M. Manent || Los 850 poemas ... 1.000 páginas [repetició del text de l'anunci anterior, però «cuidadosa» en lloc de «cuidada»] || En tela, ptas. 250; en piel, ptas. 300».

28-XII-1957. Anunci de novetats de l'editorial: «En la Biblioteca Excelsa: | Gran acontecimiento editorial || *Obres Completes* | de Josep Carner || «Pròleg» de M. Manent | La producción poética completa | del más alto poeta catalán | viviente. [Preus del llibre]».

3.
PROCEDÈNCIA DELS 61 POEMES DE LA SECCIÓ ARBRES DE *POESIA* (1957)

any publ.	sigles llibre	nombre poemes	nombre d'inèdits	poemes inclosos a Arbres	(poemes a Arb)	(poemes inclosos a llibres anteriors a P)	poemes a llibres posteriors a P
1905	PrS	69	59	1	1		
1907	SeS	75	75	1	1		
1912	Mon	35	34	2	2		1 ToA
1914	PaV	65	65	2	2		
1918	BeT	65	65	5	5	(5 BeT^2)	
1920	OrC	52	52	2	2	(1 SLF 1 Pal)	
1925	CoQ	83	83	14*	14		2 Lli
1933	VeE	70	70	6	6		
1935	PrP	60	60	5	4		
1950	Pal	21	11	3	3		
1952	Llu	42	29	5	5		2 Lli
1953	Arb	60	15	15	15		
1957	P	896	145				

Total 61 poemes (P 517-577)

* Un d'aquests poemes, CoQ 43, apareix, amb variants, dues vegades a P (118 «Idil·li» i 538 «L'enamorat»).

4.
ANYS DE PRODUCCIÓ DELS POEMES D'ARBRES

Els poemes estan ordenats segons la data de la primera publicació en llibre. A la columna de l'esquerra hi figura el número d'ordre a la secció de *Poesia* seguida de la del llibre *Arbres*. A continuació, el títol i la procedència del poema amb les sigles entre claudàtors. I finalment, entre parèntesis, les dates d'aparició a la premsa d'aquells poemes que, havent aparegut a *El cor quiet* (1925), van ser escrits en una data pertanyent a la primera etapa (1904-1921), tot i que n'hi ha set que aquesta atribució no és segura.

Primera etapa: 1904-1921 (25 poemes)

L'àmbit català recull un primer bloc de poemes

521	5	L'arbre de l'Esperança		[PrS 46]
520	4	Garrofers trencats		[SeS 10]
535	19	El fullam de l'àlber		[Mon 22]
541	25	Fidelitat		[Mon 17]
542	26	La més alta		[PaV 28]
544	28	Arbres a la tardor		[PaV 46]
522	6	El pi		[BeT 35 BeT^2 34]
523	8	La figuera		[BeT 15 BeT^2 15]
524	7	L'olivera i l'ase		[BeT 36 BeT^2 35]
537	21	Flora urbana		[BeT 53 BeT^2 52]
553	37	L'alzinar i el pollanc		[BeT 34 BeT^2 33]
534	18	La fulla		[OrC 1 SLF 21]
548	32	Pietat	(Fulles. I)	[OrC 18 Pal 5]
555	39	Els pollancs de França		[CoQ 13] (1913)
519	3	Els ametllers de Sarrià		[CoQ 12] (1920)
525	9	Cada cosa en son lloc	(Verger. I)	[CoQ 14] (?)
526	10	Les flors de l'albercoquer	(Verger. II)	[CoQ 15] (?)
527	11	Cada u al seu estil	(Verger. III)	[CoQ 16] (?)
528	12	El presseguer amagadís	(Verger. IV)	[CoQ 17] (?)
530	14	Senyals de març	(Verger. VI)	[CoQ 18] (?)
531	15	Presseguer florit	(Verger. VII)	[CoQ 20] (1920)
538	22	L'enamorat	(Tres arbres)	[CoQ 43] (?)
539	23	El creient	(Tres arbres)	[CoQ 45] (1917)
540	24	L'orgullós	(Tres arbres)	[CoQ 44] (?)
547	31	Els nostres pins		[CoQ 11] (1921)

Segona etapa: 1921-1938 (13 poemes)

El periple diplomàtic (Gènova-París: 1921-1938)

554	38	L'eucaliptus de Quarto dei Mille		[CoQ 19]	
557	41	Els cocoters de Macuto		[CoQ 21]	
549	33	La fulla miraculosa	(F u l l e s. II)	[VeE 50]	
550	34	La fulla negra	(F u l l e s. III)	[VeE 51]	
556	40	A un castanyer d'Índia que florejava		[VeE 19]	
564	48	Les set fulles del faig		[VeE 49]	
567	51	La companyia		[VeE 55]	
568	52	Bedoll de biaix		[VeE 20]	
532	16	Arbrissons d'ahir	(V e r g e r. VIII)	[PrP 4]	
533	17	Acàcies, pomeres		[PrP 18]	
536	20	Om florit		[PrP 14]	
574	58	El lledoner i els verns		[PrP 26]	
518	2	Arbres			(1938)

Tercera etapa: 1939-1953 (23 poemes)

Mèxic (1939-1945) - Brussel·les (1945-1953)

561	45	Xiprer		[Pal 14]	
563	47	Cantata dels sabins seculars		[Pal 15]	
571	55	La dona arbre		[Pal 3]	
543	27	Desmai		[Llu 15]	
562	46	Arbre encastellat		[Llu 26]	
565	49	La pregària encantada		[Llu 41]	
569	53	Sota del faig		[Llu 17]	
438	56	Indicis		[Llu 12]	
577	61	Conversa		[Llu 35]	
517	1	Epigrama a Emília			
529	13	Corranda	(V e r g e r. V)		
546	29	Arbre en hivern			
545	30	La figuera de Passy			
551	35	Planys	(F u l l e s. IV)		(1939)
552	36	Oda als arbres de la Rambla			
558	42	Carrer de desmais			
559	43	Xicranda de Mèxic			
560	44	Xicrandes fullades			
566	50	L'arbre de la nit			
570	54	A un auró			
573	57	Arbre primer			
575	59	Lamentació dels cedres del Líban			
576	60	A un avet jove			

5.
CATÀLEG D'ARBRES
(AMB REFERÈNCIES ALS VERSOS DEL LLIBRE)

a cura d'Anna Alberni

El catàleg s'ha fet tenint a la vista els dos llibres següents: Francesc Masclans, *Guia per a conèixer els arbres* [1958], edició actualitzada per Oriol de Bolòs, Barcelona: Flor del Vent, 1999. Malcolm Coe, ed. *Enciclopèdia Temàtica Oxford*. Volum 3 (Jesús Mestre i Campi, ed. catalana), Barcelona: 62 / Difusió Editorial, 1998. (I, per al sabí, s'ha tingut en compte alguna nota dispersa de l'*ahuehete*.) Al final de cada entrada es remet al poema i si el text afecta un sol vers se cita sencer.

Acàcia (*Acacia sp*)
Gènere d'arbres i arbustos de fulles generalment compostes, fruits en llegum i flors petites i rosades (o, més rarament, d'un groc llampant) agrupades en penjolls. Moltes espècies estan proveïdes d'espines. Difoses per tot el món, les acàcies són especialment abundants a la sabana africana i a Austràlia. En jardineria, algunes espècies d'acàcia són anomenades mimoses.
→ 537.V «Flora urbana»: *Acàcia, l'acàcia* || 533 «Acàcies, pomeres»: *Acàcies, pomeres, van perdent llur florissalla*

Àlber (*Populus alba*)
Arbre caducifoli de la família dels pollancres, que pot arribar fins a 30 m d'alçada. Rep aquest nom perquè les seves fulles, verdes a la cara superior, són d'un blanc argentat al revers («El fullam de l'àlber» descriu aquesta doble coloració). Té l'escorça blanquinosa i llisa, que s'esquerda amb els anys. És un dels arbres més abundants als boscos de ribera. Freqüentment cultivat, s'estén per tot el nostre territori i a gran part de la península Ibèrica.
→ 535 «El fullam de l'àlber» || 518.17 «Arbres»: *són cabelleres d'àngel els àlbers vora el riu.*

Albercoquer (*Prunus armeniaca*)
Arbre de la família de les rosàcies, que sol arribar a uns 7 o 8 m d'alçada. De fulles arrodonides, en forma de cor, fa una flor

blanca o d'un rosa pàl·lid: *És d'una pal·lidesa mig rosada: | d'una color de noia abandonada | que somiï un besar* (526.2-4). L'albercoc n'és el fruit. Originari de l'Àsia, és cultivat sobretot a la regió mediterrània.
→ 526 «Les flors de l'albercoquer».

Alzina (*Quercus ilex*)
Arbre vigorós, del gènere *Quercus*, que sol tenir una alçada d'entre 10 i 20 m. La capçada és gran i espessa, el tronc, gruixut i ramifcat, i l'escorça clivellada, d'un color cendrós. Les fulles, persistents i dures, generalment dentades, són d'un verd fosc a la cara superior (*alzines de crespó* 544.4), i blanquinoses i vellutades a la inferior. La gla, el seu fruit, pot ser o bé amarga o bé dolça i comestible. Hi ha dues subespècies d'alzines, l'alzina de fulla llarga i l'alzina carrasca o de fulla curta, que es troba a la part occidental del Principat i al País Valencià.
→ 565.3 «La pregària encantada»: *he vist una capella, penjada d'una alzina* || 544.4 «Arbres a la tardor»: *alzines de crespó* || 553 «L'alzinar i el pollanc» || 533.18. «Acàcies, pomeres»: *les glans caigudes en camins fressats | es tornaran, més belles que les del món, alzines*.

Ametller (*Prunus dulcis*)
Arbre fruiter caducifoli que pot arribar als 10 m d'alçada. És originari del Pròxim Orient, però es cultiva arreu del món, sobretot a les terres mediterrànies. Les flors, blanques o d'un blanc rosat, són molt primerenques, i anteriors al creixement de les fulles. Al mes de gener ja es veuen els primers ametllers florits: *Ja que el gener és tan clar* (519.1), *primera flor que hom veu!* (519.10). El fruit, l'ametlló, té una llavor comestible, l'ametlla. Fructifica els mesos d'agost i setembre.
→ 519 «Els ametllers de Sarrià» || 525.5 «Cada cosa en son lloc»: *l'ametller mirant la mar*.

Arç (*Crataegus sp*)
Nom genèric que reben diverses espècies de tipus arbustiu. El de més tradició poètica, l'arç blanc (*Crataegus monogyna*), cantat pels trobadors (*sotz fulha d'albespí*), és un arbret molt espinós, més aviat baix, que es caracteritza per produir unes flors blanques o rosades molt aromàtiques (*passà la neu flairosa dels arços del torrent* 533.3), i uns fruits vermells i menuts anomenats cireres de pastor. Floreix els mesos d'abril, maig i juny. Viu en bardisses i en boscos clars, en llocs més o menys humits.

→ 572 «L'arç i la primavera» ‖ 533.3 «Acàcies, pomeres»: *passà la neu flairosa dels arços del torrent.*

Auró (*Acer sp*)
Nom que reben diversos arbres caducifolis del gènere *Acer*, que comprèn unes dues-centes espècies, gairebé totes d'origen centreuropeu. Els aurons tenen els branquillons, les fulles i els borrons oposats. Quan arriben els primers freds tardorals, les capçades dels aurons prenen un color groc clar o vermell encès. A l'hivern perden el fullam (*T'he vist perdre la fulla, trasmudar-te | de gronxada pintura en fi dibux* 570.5-6). Se'ls distingeix sobretot per la forma del fruit: dues llavors seques i alades. Viuen isolats o en petites flotes, generalment enmig de rouredes i fagedes.
→ 570 «A un auró» ‖ 518.10 «Arbres»: *l'auró té deixes d'alba en el fullam recent.*

Avet (*Abies sp*)
Nom que es fa servir per designar un gran nombre de coníferes, però que es refereix concretament a unes cinquanta espècies d'*Abies*, gènere de la família de les pinàcies. L'avet blanc (*Abies alba*), que s'estén per tot el Pirineu i els Alps, és el més comú a casa nostra. Arbre de gran alçària, que pot arribar als 40 o 50 m, té una capçada en disposició cònica, i un tronc dret i esvelt. Totes les espècies són perennes, amb fulles en forma d'agulla que neixen directament de la tija. Les pinyes en són el fruit.
→ 576.1 «A un avet jove»: *Avet jove del mont Cenís.*

Baladre (*Nerium oleander*)
Planta del gènere *Nerium*, que forma part d'una nombrosa família de més de mil espècies entre arbres, arbustos i lianes. El baladre comú és un arbust de fulles estretes, verdes tot l'any, amb grans flors blanques o roses molt vistoses (*fa mal als ulls l'esclat desesperat | de ta florida: | l'esclat rosat, | endiumenjat* 537.I.3-6). Per això es cultiva i és habitual en parcs i jardins, encara que totes les seves parts són verinoses.
→ 537.I «Flora urbana»: *Baladre del jardí de la ciutat.*

Bedoll (*Betula pendula*)
Arbre caducifoli de la família de les betulàcies, que pot arribar a tenir fins a 30 m d'alçada. És de tronc esvelt i més aviat prim, d'escorça llisa, d'un blanc grisós (*Oh bedoll socagrís, mig de cor-*

coll 568.1), i de capçada poc densa. Les branques són penjants. Les fulles, bellugadisses, són dentades. Es pot trobar en tot el Pirineu, és un constituent essencial de la taigà, i pot viure en les regions més fredes i els climes més agressius.
→ 568 «Bedoll de biaix» || 518.11 «Arbres»: *el bedoll s'enamora de la lluna.*

Castanyer d'Índia (*Aesculus hippocastanum*)
També anomenat castanyer bord o de cavall. És un arbre corpulent, que pot assolir més de 20 m, de capçada ampla i molt densa. Les fulles són grans, compostes i palmades, amb diversos nervis que conflueixen en l'extremitat del pecíol. Fa unes flors blanques, tacades de groc i de porpra, molt vistoses, que s'agrupen fent ramells de forma cònica (*Salut, castanyer d'Índia, l'emplomallat* 556.2). Floreix entre abril i maig. Es conrea com a arbre ornamental en moltes avingudes i parcs de les grans ciutats.
→ 556 «A un castanyer d'Índia que florejava».

Cedre (*Cedrus libanotica*)
Arbre majestuós, sempre verd, de branques robustes i disposades en plans més o menys horitzontals, formant una capçada cònica al principi, semblant a la de l'avet, que després es torna força irregular. Les fulles són punxegudes, com agulles, dures i curtes. El seu fruit és la pinya, de forma ovoidal molt característica. La fusta de cedre, d'una excepcional duresa, ha estat utilitzada des de temps remots per a la construcció de vaixells, temples i palaus (*Hostes vingueren a destralejar-nos* [...] *Cap als harems, o per esclat d'un ídol | o d'un rei occidor de multituds, | caravanes i naus van emportar-se | els cedres abatuts* 575.28-34). És un arbre de tradició bíblica (*Al nostre volt ploraren patriarques | i Déu fiblà per boca dels profetes* 575.22-23).
→ 575 «Lamentació dels cedres del Líban».

Cirerer (*Prunus avium*)
Arbre de fulla caduca que pot arribar als 15 m d'alçada. Les branques són rígides i dretes, l'escorça, lluent i setinada, d'un color gris clar o rogenc. Les fulles són dentades, els fruits formen raïms de tiges relativament llargues, i varien de color i de gust, segons les races. Les flors, blanques i odorants, que s'agrupen en ramells. La floració dels cirerers evidencia l'esclat de la primavera, i el seu fruit, roig i lluent, anuncia l'arribada de l'estiu.
→ 527.4 «Cada u al seu estil»: *Menys badoc el cirerer.*

Cocoter (*Cocos nucifera*)
Esvelta palmera, de tronc prim i dret, que pot arribar als 24 m d'alçada (*com columnes oblidades | o fermalls de l'horitzó* 557.7-8). És abundant en àrees costaneres dels tròpics i dels subtròpics. El tronc és molt flexible, i les fulles o palmes, en forma de ventall, poden arribar a fer 6 m (*Els ventalls de trenta reines | sostenien delicats* 557.15-16). El fruit, el coco, tolera la sal i pot surar i sobreviure en l'aigua del mar.
→ 557 «Els cocoters de Macuto». Macuto és una població situada a la costa veneçolana, relativament veïna de Costa Rica, on el poeta va exercir de cònsol a San José (1925).

Desmai (*Salix babylonica*)
El desmai és un salze exòtic, originari del Pròxim Orient. Probable híbrid entre *S. alba* i *S. babylonica*, de fulles lanceolades molt estretes i de color verd pàl·lid, amb branques penjants i flexibles que sovint arriben a terra (*Tot cintes d'aigua màgica és el desmai suau* 518.19; *únic* [arbre] *que besa el front del pensatiu* 543.2). El desmai és el salze més freqüent als jardins. Floreix a la primavera, entre maig i abril, i es fa en llocs humits, a la vora de l'aigua.
→ 518.19 «Arbres»: *Tot cintes d'aigua màgica és el desmai suau.* || 543 «Desmai» || 558 «Carrer de desmais».

Eucaliptus (*Eucalyptus sp.*)
Gènere d'arbres sempre verds, de gran corpulència i de creixement rapidíssim. L'escorça es desprèn anualment del tronc en plaques o tires irregulars tot deixant al descobert una pell llisa de tonalitats grises i platejades. La capçada és poc densa, permeable a la llum. Les fulles, molt aromàtiques, són estretes i allargades, i tenen una certa rigidesa que, en bellugar-se a causa del vent, genera uns moviments singulars (*Per més que empenyi la ventada | no fa anar mai en doina tot el seu bell tresor, | a cada furiosa revolada | mou un floquet només de penjarelles d'or* 554.22-25). Originari d'Austràlia, es cultiva arreu, sobretot per fer-ne pasta de paper.
→ 554 «L'eucaliptus de Quarto dei Mille». Quarto dei Mille és un suburbi de Gènova, on el poeta va residir una temporada quan era vicecònsol a la capital ligur.

Faig (*Fagus sylvatica*)
Arbre vigorós i de gran alçada, que de vell pot arribar fins als 40 m. La capçada és densa, de forma ovada o cònica (*El faig és*

una església 518.21), el tronc és dret, i l'escorça llisa, de color gris clar. Les fulles, caduques, prenen tonalitats rogenques en assecar-se a la tardor (*Set fulles com de foc hi havia en ta brancada* 564.1). Els fruits del faig, les fages, són comestibles. És un arbre que vol humitat, pluges i boires. La seva fusta, molt apreciada, s'utilitza per fer mobles.
→ 569 «Sota del faig» ‖ 564 «Les set fulles del faig» ‖ 518.21 «Arbres»: *El faig és una església.*

Figuera (*Ficus carica*)
Arbre o arbust caducifoli, de capçada ampla i més aviat baix, fins a un màxim de 8 m d'alçada. El tronc té l'escorça llisa, de color gris cendra, tot i que en arbres vells s'hi observen rugositats i rares protuberàncies (*la teva soca de pell d'orifany* 523.4). Les fulles són grans, peludes i aspres al tacte, amb tres o més lòbuls de grans dimensions i de punta arrodonida (*verdes flames*). Les flors, molt petites, s'agrupen dins les *bosses de mel* (523.2) que anomenem figues, i que són una fruita molt apreciada.
→ 523 «La figuera» ‖ 545.8 «La figuera de Passy»: *un freixe té i una figuera*. Record d'una estada en aquest barri de París.

Freixe (*Fraxinus sp*)
Arbre caducifoli que es caracteritza per tenir el tronc dret i l'escorça d'un bru grisenc pàl·lid. La capçada, esclarissada, té forma irregular, i els borrons i fulles de les branques són oposats. L'espècie més comuna a l'Europa mediterrània és el freixe de fulla petita.
→ 545.8 «La figuera de Passy»: *un freixe té i una figuera* ‖ 518.13 «Arbres»: *Cap arbre com el freixe per alta ocelleria.*

Garrofer (*Ceratonia siliqua*)
Arbre de fulla perenne, baix, sovint d'aspecte arbustiu. Viu en terres assolellades i pedregoses com el camp de Tarragona. És una espècie típicament mediterrània. El tronc és bonyegut i gruixut, amb l'escorça llisa. Les fulles, compostes, són dures i lluents. El fruit és la garrofa, un llegum que s'utilitza per alimentar el bestiar.
→ 520 «Garrofers trencats». El poema procedeix del conjunt de sonets sobre el camp de Tarragona presents a *Segon llibre de sonets* (1907).

Heura (*Hedera sp*)
Una de les poques lianes originàries de l'Europa temperada, enfi-

ladissa perenne que s'arrapa pertot amb les seves arrels aèries. Les fulles de l'heura són lobulades, i els fruits, petits i foscos, que sobreviuen a l'hivern, són una font d'aliment important per als ocells. L'heura té mala reputació com a estranguladora d'arbres, tot i que es tracta d'una apreciació sense fonament (*l'heura l'enllaça i el brancatge lleu | del nus d'amor no es gosaria extreure* 544.10-11).
→ 544.10, 14 «Arbres a la tardor»: *l'heura l'enllaça, i el brancatge lleu* | [...] | *Quina columna d'heura!*

Lledoner (*Celtis australis*)
Arbre caducifoli, mitjanament alt, de gran capçada densa i arrodonida, d'un verd grisenc, amb l'escorça llisa. Les fulles són asimètriques, estretament ovalades. El fruit, el lledó, arrodonit i de la mida d'un pèsol, és comestible. El lledoner és d'origen oriental, introduït a casa nostra, on és abundant, tot i que mai no arriba a formar boscos.
→ 574 «El lledoner i els verns».

Magraner (*Punica granatum*)
Arbret caducifoli d'aspecte arbustiu que no sol sobrepassar els 5 m d'alçada. De capçada irregular, molt ramificada, amb branques oposades i més o menys espinoses. Les fulles són lluents, de forma lanceolada o el·líptica. Les flors, d'un vermell escarlata, grosses i vistoses, esclaten a partir del mes de juny. La magrana n'és el fruit.
→ 525.8 «Cada cosa en son lloc»: *magraners al cap de l'era.*

Murtra (*Myrtus communis*)
Arbust perennifoli originari de l'Europa meridional i l'Àsia occidental. Les fulles són oposades, de forma oval, lluents i llises. Les flors són blanques, oloroses, solitàries i de curta durada. Els fruits, els murtons, són unes baies de color blavenc, aromàtiques i comestibles.
→ 533.4 «Acàcies, pomeres»: *la murtra, d'un sospir, és consumida.*

Olivera (*Olea europaea*)
Arbre sempre verd, de fulles estretes i oposades, rígides, d'un verd grisenc a la cara superior, i argentades al revers (*ve el vostre argent d'una pols immortal* 524.14, *de les velles oliveres | darrera el vel agrisat* 528.3-4). L'olivera té una gran capacitat de supervivència: tolera els sòls secs, pedregosos i estèrils, i pot

arribar a viure fins a dos mil anys. Citada sovint a la Bíblia, és símbol de pau en la tradició cristiana (*Ase fermat a la pia olivera, L'arbre, en sa gran velletat juganera, Sou dos presents de la terra sagrada* 523.2, 3, 9). Es conrea a tot l'arc mediterrani per l'oliva, el seu fruit ric en oli.
→ 524 «L'olivera i l'ase» ‖ 528.3 «El presseguer amagadís»: *de les velles oliveres.*

Om (*Ulmus minor*)
Arbre força alt, que pot arribar als 30 m, de capçada densa i elegant. L'escorça, grisa o bruna, es va esquerdant amb el pas dels anys. Les fulles, caduques, són de forma oval, amb el marge serrat i acabades en punta. De color verd intens, amb els nervis molt ben marcats. Pot florir molt aviat, al mes de febrer, però també al març i a l'abril (*Enmig de riu i cel, que llum no regalaves,* | *flor radiant de l'om contra l'atzur d'abril!* 536. 3-4). Les menudes flors de l'om són de curtíssima durada. Abunda a la muntanya mitjana del nostre territori, i necessita sòls humits.
→ 536 «Om florit» ‖ 518.20 «Arbres»: *L'om crida el flabiol per a la dansa.*

Palmera (*Phoenix dactylifera*)
Vegetal característic dels climes tropicals, d'organització totalment diferent de la dels arbres europeus. Solen tenir un tronc de gruix uniforme i constant, al capdamunt del qual se'ls forma un gran plomall de fulles molt llargues, arquejades i profundament dividides en dits llargs i estrets. El teixit del tronc és molt elàstic, cosa que li permet de gronxar-se i resisitir els forts vents del desert (*com una mà de músic, ta branca, tota dits,* | *polsa les cordes de la marinada* 537.II.5-6). Totes les palmeres produeixen drupes, sucoses com el dàtil o fibroses com el coco (vegeu **cocoter**). L'única espècie que és autòctona a les nostres terres és el margalló (*Chamaerops humilis*).
→ 537. II «Flora urbana»: *Palmera, ací veïna de la mar.*

Perera (*Pyrus comunis*)
Arbre conreat a Europa i Àsia des de temps antics. És un arbre gran, caducifoli i de llarga vida, que creix fins a 15 m d'alçada i que és molt lent per produir fruits. Les fulles tenen forma oval, i les flors, blanques, agrupades en ramells, esclaten al mes de març (*Hom veu la lluna, darrera* | *d'aquesta perera en flor* 530.1-2). La pera n'és el fruit.

→ 525.7 «Cada cosa en son lloc»: *pereres al fons d'un hort* || 530.2 «Senyals de març»: *d'aquesta perera en flor.*

Pi (*Pinus sp*)
Conífera de fulla perenne del gènere *Pinus* i de la família de les pinàcies, de la qual hi ha fins a un centenar d'espècies. La més habitual a la Mediterrània és el pi pinyer (*Pinus pinea*), que produeix pinyons comestibles, però també s'hi fa el pi roig (*Pinus sylvestris*), que es caracteritza per la seva escorça rogenca (*en el pi hi ha ditades del ponent* 518.12). No gaire exigent, tolera bé les terres sorrenques, i sovint el trobem al nivell del mar (gràcies a aquesta adaptabilitat al medi, a «Els nostres pins» Carner pot cantar totes les ubicacions possibles del pi, arbre nostre per excel·lència). També s'adapta bé a les ciutats («Flora urbana» 537.IV). Tots els pins tenen fulles persistents, en forma d'agulla, disposades en general de dues en dues, i unides a la base. Les pinyes són de creixença molt lenta en totes les espècies. Els pins són arbres resinosos, i produeixen fustes de qualitat diversa, aprofitades en la construcció.
→ 522 «El pi» || «Arbres» 518.12: *en el pi hi ha ditades del ponent* || 547 «Els nostres pins»: I.1 *Salut, oh pi de terra eixuta*; I.6 *Salut, oh pi de la carena*; I.10 *pi vigilant de les ermites*; I.12 *pi suïcida que t'excites* (etc.) || 537.IV «Flora urbana»: *Pinet rodó de la muntanya urbana* || 544.4 «Arbres a la tardor»: *pins de vellut, alzines de crespó* || 540.2 «Tres arbres — L'orgullós»: *sol, hi ha un pi de vell brancam.*

Plàtan (*Platanus x hispanica*)
Arbre corpulent, de fulla caduca, de capçada densa i escorça fina i escamosa, de color groguenc, que es desprèn periòdicament. Les fulles són grans, dividides en lòbuls dentats de forma irregular, cosa que les fa *parentes del pàmpol en hores d'estiu!* (552.16). Fa uns fruits petits, nombrosos i agrupats, en forma de boles d'uns 4 cm de diàmetre (*per on dringa la llum en cascavells* 537.9). És un dels arbres que tolera més bé la contaminació, i per això el trobem plantat amb tanta profusió en les grans ciutats (*plàtans que feu, secretament, juguesques | sobre aquesta ciutat i el seu destí, | i empareu el renou, l'anar i venir, | amb moviment de fulles fresques!* 537.III.2-5).
→ 552.13 «Oda als arbres de la Rambla»: *Oh fulles del plàtan, oh tendra* || 537.III «Flora urbana»: *Oh plàtans, aigua i vent, sol i matí.*

Pollanc (*Populus nigra*)
Arbre de fulla caduca, de creixement ràpid i que viu pocs anys. Es caracteritza per la seva silueta esvelta, d'estructura piramidal, atès que les branques arrenquen directament del tronc, alt i molt flexible (per això es gronxa *amb bres d'enamorat* 577.4). Les fulles, que poden tenir forma oval o triangular, d'un verd lluent i sedós a la primavera (*oh pagat de sedes belles,* | *llamineigs i lluentins!* 577. 19-20), prenen totes les tonalitats del groc a la tardor. El pollanc necessita sòls humits, li agrada la proximitat de l'aigua (*i el fi pollanc devora un corriol* | *es torç com una dona enamorada* 553.7-9). És habitual de veure'l plantat en rengles paral·lels, formant grans pollancredes, per a l'aprofitament de la fusta, o a les vores de marges i camins («Els pollancs de França» 555). També és anomenat pollancre, poll o xop.
→ 542.4 «La més alta»: *só la fulla més alta d'un pollanc* || 544.5 «Arbres a la tardor»: *Tu, vell pollanc, ¿on aniràs a raure,* || 553 «L'alzinar i el pollanc» || 555 «Els pollancs de França» || 577 «Conversa» (xiprer i pollanc).

Pomera (*Pyrus malus*)
Arbre caducifoli que pot arribar als 10 m d'alçada. Les fulles són ovades o el·líptiques, agudes i amb el marge dentat. Les flors, blanques o rosades, són oloroses i s'agrupen formant ramells. La poma n'és el fruit.
→ 525.6 «Cada cosa en son lloc»: *al mig d'un prat la pomera* || 533 «Acàcies, pomeres».

Presseguer (*Prunus persica*)
Petit arbre caducifoli originari de la Xina que es conrea des d'antic en les regions càlides i temperades d'Europa. Les fulles són lanceolades, finament dentades i acabant en una punta aguda. Les flors són d'un rosa viu (*com el fi, furtiu incendi* 528.8) o blanques, molt primerenques (la florida sol començar al febrer i dura poc: tant 528 com 531 fan referència a la brevetat d'aquest esclat en època encara hivernal). El préssec n'és el fruit.
→ 527.1 «Cada u al seu estil»: *Aquest presseguer florit* || 528.5 «El presseguer amagadís»: *un presseguer, tot florida* || 531 «Presseguer florit».

Prunera (*Prunus domestica*)
Arbret caducifoli d'origen oriental, sovint cultivat com a arbust, de fulles ovades o el·líptiques poc dentades. Les flors, pri-

merenques, són petites i blanques, de tija diminuta, i per això mateix d'una gran fragilitat (*Vora les flors de prunera,* | *ventijol, passa més lleu:* | *són fetes de solcs de lluna* | *i d'enyorances de neu* 529). La pruna n'és el fruit. Com altres arbres fruiters, neccesita sòls humits que tinguin un bon drenatge.
→ 529.1 «Corranda»: *Vora les flors de prunera.*

Roure (*Quercus sp*)
Arbre robust i de llarga vida (els més vells arriben fins als mil anys), de capçada ampla i brancatge gruixut (longevitat i majestat són, segurament, allò que inspira la metàfora del poema 518.21: *El roure és un palau*). Les fulles, lobulades, són caduques, tot i que sovint es mantenen, seques i marcides, durant tot l'hivern. El tronc és tortuós i més aviat curt. Floreix entre abril i maig, i el fruit, la gla, es fa a la tardor. Les varietats més habituals a casa nostra són el roure comú o pènol, el roure de fulla gran, el martinenc i el reboll.
→ 518.21 «Arbres»: *El roure és un palau.*

Sabí (*Taxodium mucronatum*)
Arbre endèmic de l'Amèrica del Nord, probablement domesticat pels asteques, que està profundament arrelat en les tradicions mexicanes precolombines, i molt lligat a la història i a les llegendes del país centreamericà. És un arbre d'aspecte majestuós, que pot arribar fins als 40 m d'alçada i fins als 15 m de diàmetre. En la llengua nàhuatl s'anomena *ahuehuete, ahuéhuetl* o *ahoéhuetl*: de *atl*, que significa aigua, i *huehue*, que vol dir vell o avi. També se'l coneix com a sabí, xiprer de riu o xiprer mexicà. Creix a la vora de rius o salts d'aigua, i pot arribar a viure dos mil anys. De fet, alguns dels exemplars que es conserven a Mèxic, com el de Santa María del Tule, prop d'Oaxaca, tenen aquesta edat fabulosa. En la «Cantata dels sabins seculars», quatre arbres mil·lenaris es lamenten, amb pacient resignació, de la seva desmesurada longevitat: *És només un el parpelleig del dia* | *per a l'herba i el tronc de majestat,* | *ni dura fet i fet el mil·lenari* | *més que un gemec d'albat* (563.33-36).
→ 563 «Cantata dels sabins seculars». *Misterio de Quanaxhuata* (Mèxic, 1943) s'obre amb un «Prólogo por un ahuehuete», on llegim: «No hay movimiento más hondo, me dijo, que el de unas raíces, ni más alentado a lo alto que el de las ramas, ni más vital que el de la savia, ni más caprichoso o apasionado, al grado del viento que pasa, que el de las hojas».

Salze (*Salix alba*)
Arbre o arbust de fulla caduca que floreix entre febrer i maig. Tots els salzes tenen fulles alternes lanceolades i conjunts de flors petites disposades fent una mena d'espiga que sovint penja. La capçada és ampla, més o menys irregular, i el tronc sol ser molt dret, d'on neixen un gran nombre de branques llargues i flexibles, els vímets. La nomenclatura popular anomena salze principalment el salze blanc, que creix a la vora de corrents d'aigua i rierols (*Un salze vell aquesta riba empara* 541.1).
→ 541.1 «Fidelitat»: *Un salze vell aquesta riba empara.*

Vern (*Alnus glutinosa*)
Arbre de fulla caduca mitjanament alt, de tronc força dret, amb l'escorça llisa i bruna. Les fulles, alternes, tenen el limbe més o menys rodó, amb grans dents retallades per altres de petites. Els fruits són menuts, en forma de pinyeta. Es fa en boscos de ribera, les vernedes, o bé en les alberedes com a arbre secundari, sempre en terres humides tot l'any.
→ 518.18 «Arbres»: *Palpita el vern, de somnis nocturns en recordança* || 574 «El lledoner i els verns».

Xicranda (*Jacaranda mimosifolia*)
Arbre caducifoli que ateny uns 10-12 m d'alçada, originari del Brasil. Les fulles són semblants a les de la mimosa, fines i compostes, d'aspecte lleuger i delicat, d'un color verd grisós. La subtilesa de les fulles és descrita en aquesta quarteta del poema 560.1-4: *Xicranda, fulles de randa,* | *trèmules de cent albirs,* | *amb un calat per als somnis* | *i amb un serrell de sospirs*. Floreix a començaments d'estiu: les flors, d'un blau porpra extremat, i en forma de campanetes, s'agrupen en penjolls d'aire festiu (*Una xicranda florida* | *enlluerna tot el món.* | *Flama fosca de la terra* | *que amb color de cel es fon.* | *Esclat de púrpura malva* 559.1-5). Els fruits són llenyosos, circulars i aplanats, com grans monedes. És un arbre que vol molta llum i que suporta malament el fred i les gelades.
→ 559 «Xicranda de Mèxic» || 560 «Xicrandes fullades».

Xiprer (*Cupressus sempervivens*)
Arbre alt i dret, de la família de les coníferes, de branques molt acostades al tronc i capçada densa i fusiforme (*oh dit senyalador d'eternitat!* 561.8). Les fulles, perennes, són molt menudes i atapeïdes, d'un verd negrós. El xiprer ha estat conreat a tota la Me-

diterrània des de temps antics. És freqüent trobar-lo formant tanques, com a paravent o com a arbre ornamental en jardins, parcs i cementiris (*i t'he vist solt, i encara dins monacal renglera,* | *gairebé negre, contingut, estret,* | *darrera de la tanca* | *que faixa un cementiri de poblet* 561.17-20). Aquest caràcter d'arbre funerari, solemne i greu, domina en tots els poemes del llibre on apareix, i particularment en l'últim, «Conversa», on s'oposa a la lleugeresa alada, però plena de saviesa, del pollanc.
→ 539.5 «Tres arbres - El creient»: *un xiprer, callat, s'espera* || 561 «Xiprer» || 577 «Conversa».

Arbres genèrics
532 «Arbrissons d'ahir»: *Ai arbrissons d'ahir, com tenderols.*
538 «L'enamorat»: *Com que vas enamorar-te* | *de la font, arbre del pont.*
546 «Arbre en hivern».
567 «La companyia»: *i un gran arbre més negre que la nit.*

Arbres que no són arbres: metàfores i representació
521 «L'arbre de l'Esperança».
566 «L'arbre de la nit».
562 «Arbre encastellat».
573 «Arbre primer».
571 «La dona arbre. Una escultura de Fenosa».

Fulles
534 «La fulla».
542 «La més alta»: *só la fulla més alta d'un pollanc.*
Del grup de poemes «Fulles» (548-551): 4 poemes de fulles d'arbres genèrics:
548 «Pietat».
549 «La fulla miraculosa»..
550 «La fulla negra».
551 «Planys».
564 «Les set fulles del faig».

6.
L'HAMADRÍADE DEL VIOLÍ

L'escultor Apel·les Fenosa (Barcelona 1899-París 1988) va fer la seva carrera artística sobretot a la capital de França, on va viure entre 1921 i 1929 (època en què va aconseguir els primers encàrrecs i les primeres exposicions) i on es va establir definitivament al final de la guerra civil. Les seves obres solen ser de dimensions reduïdes i volums lleugers, amb un accentuat dinamisme, i molt sovint tenen tema mitològic. Totes aquestes característiques concorren en l'escultura que Josep Carner va escollir com a motiu del seu poema «La dona arbre». (Recordem que, en la mitlogia grega, les Hamadríades eren, precisament, unes nimfes dels arbres: naixien amb l'arbre del qual eren protectores i en compartien el destí.) A continuació reproduïm, acarats, l'escultura de Fenosa i el poema de Carner.

L'escultura forma part de *Les musiciennes* (1945), un conjunt de quatre estatuetes integrades per *Violiniste* (34 × 14 × 12,50 cm), *Chanteuses*, *Triangle*, *Harpiste*.

Fenosa. Catalogue raisonné de l'oeuvre sculptée (ed. Nicole Fenosa i Bertrand Tillier). Barcelona: Ediciones Polígrafa, 2002. L'original és una terracota conservada a la Fundació Fenosa d'El Vendrell: INV 107.

LA DONA ARBRE
UNA ESCULTURA DE FENOSA

Bella hamadríade,
en els teus braços, espatlla i si
acotxadora d'un violí,
¿sols en parença sones tan fi
per a una nova secreta oïda
ara en els nostres ulls assolida?
I, de mirar-te, *¿guanya* embranzida
alguna música que ve de mi?

Ets arbre, l'ésser que un *vent trastoca*
i retirances *pren* d'immortal.
Les teves cames són dins la soca.
És el teu ventre son vegetal,
oh només viva de *cinta* endalt!
Damunt la teva cinta indistinta,
tota l'escorça de *neu* es pinta
amb comes roses i amb ulls de cel;
i si *torbessis* amb *la* mirada
qui va fent via per la contrada,
ben tost en fores enamorada,
malsofridora ja de ta *rel,*
i adés ardida i adés poruga,
exiliada del teu descans,
respiraries feble i feixuga
i es dreçarien tos pits infants.

Però menysprees tota mudança
i en tu s'amaga ton pur esment.
Ton coll, tos braços, ton si dorment,
en replegant-se
manyagament,
el fi desvetllen d'unes sonores
veus encantades, i sols adores
d'una joguina de fusta el plany.
[I s'hi concerten murmuradores
fresses de rama, sospirs de tany.]
L'arbre que fores
és arbre *encara* com era antany.

Si, fulles vives, tes mans són
franques,
ton cap inclines, *tes* celles tanques,
que a tu mateixa només respons;
plegues *tos braços com* dues *branques*
per *recollir-hi* ton niu de sons.
I en la lliscada de la cantúria,
l'antre assolella de la boscúria
a cantadissa d'ocells i fonts.

Bella hamadríade
del violí,
de tots remota, secreta en mi!
En volent heure't, una abraçada
recularia *malaguanyada*
i la besada
mai els teus llavis no sap collir,

oh fusta i càntic que un déu junyí!

Text: *Revista de Catalunya* (1947), primera forma del poema. En cursiva les variants respecte a Arbres de *Poesia* on no figura el vers 19. Entre claudàtors, els dos versos instaurats a *Arbres* i a la secció.

ÍNDEXS

1.
ÍNDEX DE TÍTOLS DE POEMES

2.
ÍNDEX DE GRUPS DE POEMES

3.
ÍNDEX DE PRIMERS VERSOS

TAULA GENERAL

Introducció

ARBRES

Apèndixs

Índexs